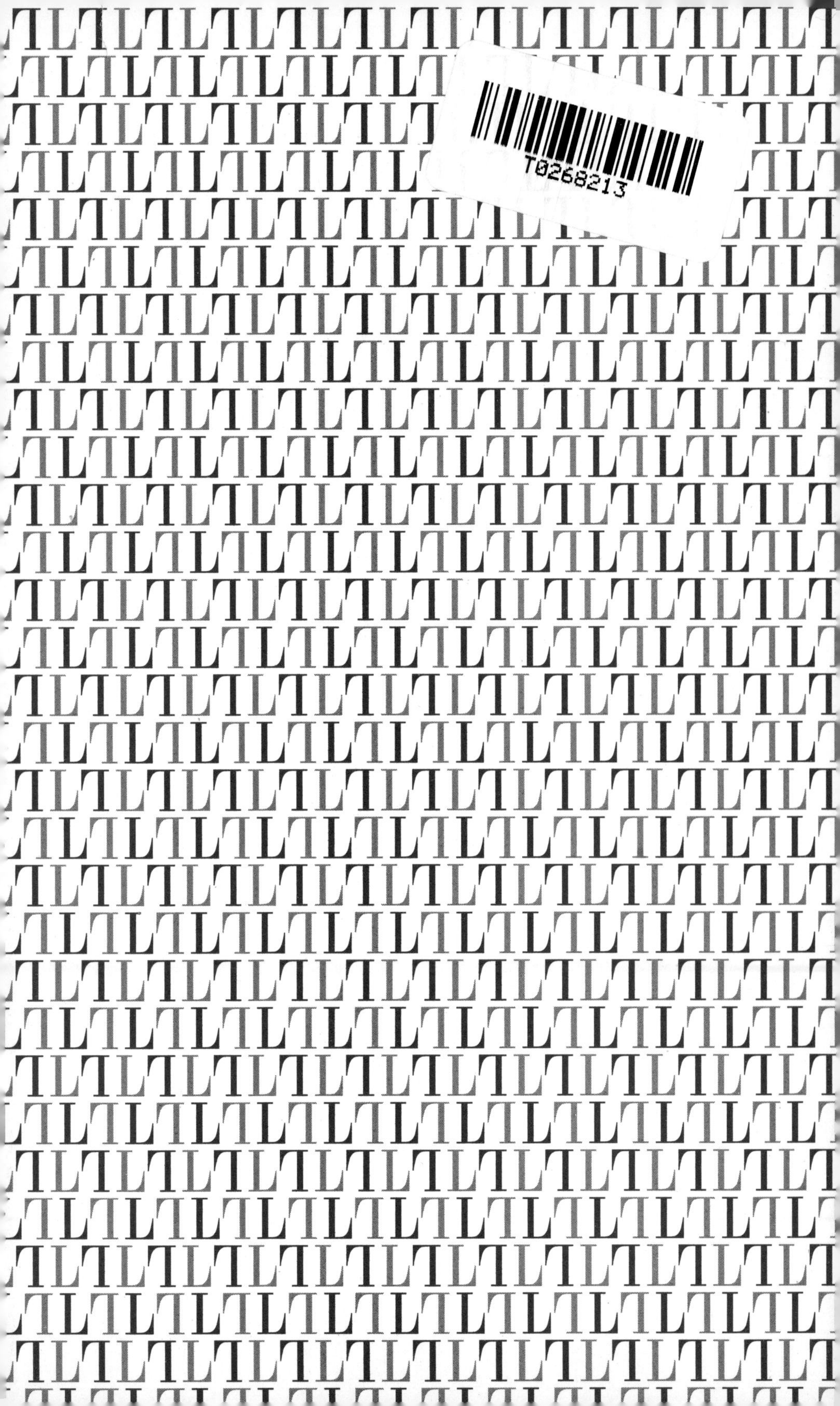

Dulce introducción al caos

Dulce introducción al caos

Marta Orriols

Traducción del catalán de
Noemí Sobregués

Lumen

narrativa

Papel certificado por el Forest Stewardship Council®

Título original: *Dolça introducció al caos*

Primera edición: octubre de 2020

Printed in Spain – Impreso en España

ISBN: 978-84-264-0784-9
Depósito legal: B-8223-2020

Compuesto en M. I. Maquetación, S. L.
Impreso en Egedsa (Sabadell, Barcelona)

H 4 0 7 8 4 9

Penguin
Random House
Grupo Editorial

«Dulce introducción al caos» es el título de una canción del disco La ley innata *(2008) de la banda de rock Extremoduro. Robe Iniesta, vocalista y alma del grupo, ha tenido la amabilidad de permitir que lo utilice para dar nombre a esta historia, que no se parece demasiado a la de la canción, pero que la abraza tan bien musical y nominalmente que no quería dejarlo escapar. Desde aquí mi agradecimiento.*

Para ti, Miquel

No recordamos lo que queremos recordar.
Recordamos lo que no podemos olvidar.

LISA TADDEO, *Tres mujeres*

No hay una vida completa. Hay solo fragmentos. Hemos nacido para no tener nada, para que todo se nos escurra entre los dedos. Y, sin embargo, esta pérdida, este diluvio de encuentros, luchas, sueños... Hay que ser irreflexivo, como una tortuga. Hay que ser resuelto, ciego. Porque cualquier cosa que hagamos, incluso que no hagamos, nos impide hacer la opuesta, he aquí la paradoja. La vida, por tanto, consiste en elecciones, cada cual definitiva y de poca trascendencia, como tirar piedras al mar.

JAMES SALTER, *Años luz**

* Traducción de Jaime Zulaika, Barcelona, Salamandra, 2013.

Pares

1

Caminaban aún por las calles con aquella necesidad de acercarse mucho el uno a la otra. Se reían de la imagen que formaban abrazados, el brazo de él rodeando la cintura de ella, la figura contundente que dibujaban, las manos agarradas con urgencia, la alegría líquida y el desbarajuste de piernas y pies intentando adaptarse a la marcha conjunta. Fumaban los dos. Los cigarrillos en la mano añadían un punto más de complejidad a aquel caminar juntos, las risas entre volutas de humo y aquella condición indestructible de quien se sabe enamorado. Jugaban a pisarse las sombras que proyectaban en los adoquines húmedos por la noche, a darles forma hasta configurar una sola silueta oscura que los englobaba a los dos. Parecían actores de una película en blanco y negro de la Nouvelle Vague, un poco irreverentes, no muy sentimentales y con aquella actitud existencialista ante un universo absurdo. Aunque no lo manifestaba, a él le parecía que construían el principio de algo.

De vez en cuando, si habían hecho el amor y consideraban tácitamente que había sido excepcional, se fotografiaban con una vieja Polaroid envueltos en las sábanas. Sobre el papel fotosensible, el flash y el tiempo han ido degradando la ropa de cama hasta convertirla en una mancha de un blanco apagado. También han palidecido los rostros, que han adquirido un aire fantasmagórico; sí, los rostros fantasmagóricos de dos cretinos extasiados. Siempre con el cigarrillo colgando, el pelo alborotado y la mirada falsamente rebelde que les confería un aire punk, como de carátula de disco. Les hacía aquella gracia imprecisa.

Cuando, festivos, empezaban a idear un mundo en común y aún no podían preverse los gestos, se tatuaron la misma estrella diminuta en la concavidad del final de la mandíbula, justo detrás del lóbulo de la oreja. Hay quien podría pensar que habían sido cobardes, que esconder un tatuaje es no acabar de creérselo, que cuando uno arriesga debe hacerlo sin pensárselo demasiado. También se podría opinar que tatuarse la misma estrella insignificante no supone ningún riesgo, que no es más que el resultado de un ataque de exuberancia sentimental. Una estrella. Se suponía que la de ella influiría en el destino de él, y la de él, en el de ella. La cándida iconografía en la piel madura. Todavía les queda por delante una inmensidad de tiempo, pero en él la sensación de hedonismo despreocupado ha empezado a menguar desde que ha cumplido los treinta y tres; se sabe instalado en una libertad volátil, en parte impuesta por un sistema que facilita una especie de resistencia a la madurez. Intentar vivir bien le parece un objetivo lo bastante sólido, y hacerlo al lado de alguien que rezuma vitalidad, una poción legendaria que garantiza la vida eterna. Es un adulto con una estrella tatuada detrás de la oreja; ya se encarga de recordárselo su madre cuando le repite con un discurso rítmico, casi rapeando, que ella a su edad ya tenía dos hijos, trabajaba, llevaba la casa y mandaba dinero al pueblo. ¿Y crees que alguien me ayudaba?, añade siempre con una nota de resentimiento. Su madre es una crítica feroz de la infructuosa transición hacia una supuesta edad adulta.

La juventud ya no les proporcionaba descuentos ni seguros de viaje totalmente gratis, pero ellos la llevaban incrustada como una patología poética y confundían los riesgos, o no querían creer que habría otros que les negarían aquella manera de vivir para siempre como falsos espíritus libres. Cuando caminaban tan cerca el uno de la otra, tatuarse la misma estrella detrás de la oreja era el mayor riesgo, y la vida quizá iba de eso, solo de eso, de lugares comunes repetidos por doquier y a lo largo de los años, de los siglos; un mundo primitivo como las piedras, no controlado por la razón y engañosamente armónico.

Hubo aquella primera señal de cambio un año atrás; cuando formalizaron un alquiler común y empezaron a reunir bajo el mismo techo las cosas de ambos: los respectivos tics, el barómetro dorado que había sido del padre de él, los olores corporales, los amigos, las amigas, los libros, una pequeña gallina de cerámica de un viaje que ella había hecho a Perú, las cámaras de ella y la claqueta de él. Y también el perro. La adopción de Rufus había sido, sin saberlo, la última gota de indolencia deliberada, la extraña calma antes de la tormenta.

—¡Hostia, Dani, saca al perro de una vez! ¡Ya vigilo yo la cena!

—Que no, cariño, que están todos a punto de llegar. Lo bajo luego un momento, cuando todos se hayan sentado.

—Pero aprovecha ahora que no llueve, pobre animal, que lleva todo el día sin salir…, ¿verdad, Rufus? Si no fuera por mí, ¿quién te cuidaría? Venga, haz el favor de sacarlo de una vez.

Es un labrador dorado, viejo, con artrosis y la cabeza grande. Tiene el hocico húmedo y la mirada de quien ya lo ha visto todo. Es un perro solemne que hace gala de una dignidad que conmueve. Se tumba en las alfombras gastadas que a Marta le dio su abuela paterna hace ya muchos años. Cuando su abuela

Jutta murió, Marta las llevó desde Berlín y las ha ido paseando por todos los pisos de Barcelona en los que ha vivido. Dice que cuando las pisa con los pies descalzos, siempre recuerda a su abuela acariciando la lana. Él no llegó a conocer a la abuela alemana, pero forma parte de los recuerdos de Marta de forma incisiva. A menudo la saca a colación tozudamente, como quien cuelga una bandera en el balcón. Cuando habla de su abuela Jutta, a él le da la sensación de que, en el fondo, Marta reclama una nacionalidad que querría tener estampada en un pasaporte, no solo en el ADN; detrás del recuerdo de su abuela siempre hay un clamor de orgullo y pertenencia, y aun así él no puede evitar percibir un matiz de rencor por el hecho de haber nacido donde ha nacido, en un lugar y no en el otro, como si este detalle la despojara de dignidad. Pero de su abuela no queda más que las alfombras, una entonación berlinesa peculiar cuando Marta salpica alguna conversación con palabras en alemán, aquella pequeña joroba ósea en la nariz, que ella tanto odia, y el arte de urdir estrategias urgentes. Sin duda era una estrategia y era urgente hacerle pasear al perro justo en aquel momento.

Ante su insistencia, Dani se quitó el delantal a regañadientes y chasqueó la lengua mientras le ponía la correa al perro. La expresión de niño contrariado.

No podían saber, ni hombre ni perro, que bajarían a la calle y que mientras él se encendería un cigarrillo, el que desde hace semanas no deja de repetir que será el último, ella correría al baño y rompería el envoltorio de la prueba de embarazo, la segunda que se haría ese día. Hace dos años que están juntos. Dos años, casi uno entero bajo el mismo techo. Dani la admira, la quiere y a veces, durante breves momentos, la detesta un poco por pequeños cortocircuitos provocados por la convivencia en sí. El tiempo y una imaginación desbordante le conceden la habilidad de inmortalizar una imagen que en realidad él nunca vio. Es fácil. La imagina sentada en la tapa del inodoro, esperando. Se muerde una uña, distraída. La piensa solo como la imagen reiterada de tantas otras mujeres, o quizá de tantas películas vistas, como aquella fotografía dentro de otra fotografía que a la vez aparece en otra fotografía, o como el reflejo de un espejo que reproduce la imagen de otro espejo repitiéndola hasta el infinito, cada vez más pequeña, una dentro de la otra, de una mujer sentada en la tapa del inodoro, con las piernas cruzadas, mordiéndose una uña, distraída, sujetando el trozo de plástico empapado de orina con la misma indolencia con la que sujeta el primer cigarrillo cuando sale a escondidas al balcón al amanecer y, arropada con el jersey grueso de lana, empieza a rumiar. Con los brazos cruzados y la mirada perdida, ordena las sesiones de fotos, decide los objetivos que utilizará, calibra la luz y piensa en la cámara mientras el sol despabila el día y ella, con cada calada, lo cubre de humo y de misterio.

Spiegel im Spiegel, espejo en el espejo, una mujer sentada en la tapa del inodoro con el gesto heredado de morderse una uña, distraída. Una mujer y un embrión, y abajo, en la calle, en el suelo mojado, el hombre responsable en parte del material genético se detiene impaciente, mira el reloj y piensa que deben de estar todos a punto de llegar, y que seguro que Marta no sabrá si la salsa necesita unos minutos aún, y que para no tener que pensar más en ello apagará el fuego. El perro levanta la pata con el ritmo propio de la senectud, rocía el tronco de un árbol, y él da la última calada frunciendo el ceño, tira el cigarrillo al suelo y lo pisa con la punta del zapato, lo recoge y se dirige a toda prisa al portal de su casa. No sabe que cuando entre, hará semanas que el embrión de su futuro hijo ya habrá bajado por la trompa de Falopio con la facilidad de quien se deja caer por un tobogán.

Aquella noche no caminaban juntos, como sí lo habían hecho antes tantas otras veces, con el viejo Rufus medio metro por detrás, pendiente solo de marcar el territorio, único testigo del entusiasmo frenético de dos almas que todavía sienten tanta gratitud.

—¡Marta! ¿Has apagado el fuego? ¡Pero si te he dicho que aún no estaba!

La imagina en el baño con los dientes apretados renegando porque él había vuelto demasiado deprisa por la salsa. Seguro que soltó una maldición, «¡Me cagüen la salsa de los cojones!» o algo así. Es malhablada, bruta, alegre, bastante inaccesible, un poco consentida, muy inteligente y nada posesiva. Cuatro minutos y unos cuantos segundos. Las pupilas, que se dilatan, y ese dolor abdominal que provocan las prisas, la vergüenza, los sustos y la espera de un resultado inminente en la intimidad. Agitaba la prueba de embarazo como un abanico. Unas gotas de sudor frío haciendo un efecto lupa sobre el finísimo vello del labio superior, de un rubio germánico, el corazón a todo trapo y multitud de reacciones en espera. Se apresuró a recoger el plástico y a esconderlo en el fondo de la cesta de la ropa sucia, y, sola ante el destino, se compadeció de él, que hacía más ruido de la cuenta con los utensilios de cocina para manifestar su enfado por un fuego apagado demasiado pronto. La vida se ponía seria y él se disgustaba por un tiempo de cocción.

A menudo las verdades más grandes se revelan en unos segundos, en cuestión de minutos, en el tiempo que se tarda en sacar a pasear al perro y volver a casa. Por segunda vez, en la prueba de embarazo apareció la pequeña raya horizontal, tímida, como la línea rosa y fina entre el cielo y el mar que anuncia la aurora, como el sí amedrentado de una novia en el altar. Y ya estuvo. El cambio siempre quedaría asociado a aquellas imágenes circunstanciales: no llovía, pero había llovido, el olor ácido de la salsa de tomate en todo el piso, la mesa a medio poner para los amigos. Detrás de las orejas, tatuadas, las estrellas.

2

También son un poco todo eso. Los lugares que habitan, los lugares que han habitado y lo que ponen en ellos. Se habían reservado la mañana del jueves, el mismo día que irían a cenar los amigos, para escaparse un par de horas a Ikea y comprar cuatro cosas para el dormitorio. Aún seguían las rutas previsibles de la vida compartida, ignorando que muy pronto estas cambiarían de improviso. Por eso él daba importancia a hechos que unas horas después ya no la tendrían; insistió todo el camino en que lo incomodaba equipar el piso con aquellos muebles sin personalidad ni cualidades. Creía que estaba hablando de muebles y de diseño, pero en realidad hablaba de algo muy diferente. A pesar de la sencillez del mobiliario con el que creció, añora la esencia de todo aquello, de las habitaciones infantiles que sobrevivieron a las adolescencias y que todavía ahora aguantan el paso del tiempo con los adhesivos medio borrados de una época pasada: el de Barcelona 92 con Cobi y los aros olímpicos, y el de un trol de David el Gnomo. Es una añoranza que Dani cree que tiene que ver con la duración, pero no se da cuenta de que en realidad lo que le angustia es no poder aferrarse a nada. Siente que todo muta y que la posibilidad de perderlo es cada vez mayor. En los hogares de los padres, resguardados por adultos responsables, que salían todos los días a trabajar y volvían al atardecer con las bolsas del supermercado más o menos llenas, la seguridad se erigía como un pilar. Los protegían de un mundo que ni él ni Marta podían intuir que sería tan evanescente, artificial y frágil. Pero los cambios solo se perciben cuando la mutación ya se ha iniciado. Crecer y avanzar es, en parte, adaptarse a la alteración, dejar atrás aquella vida ingenua, las etapas, los pisos compartidos y las vivencias colectivas. Marcharse siempre a otro sitio, a otro trabajo, a otro piso.

—He hecho balance y hace una década que vivo como un nómada, buscando sin parar unas condiciones de vida mejores. Un *australopithecus* conectado al móvil y al portátil. Así que hoy que por fin hemos conseguido quedar todos después de tantos meses, quería deciros que con este piso espero, esperamos —miró a Marta de reojo con una sonrisa que ella le devolvió convertida en mueca—, inaugurar el sedentarismo y entrar en el Neolítico de una puñetera vez.

Los amigos se rieron. Siempre le ríen las gracias sinceramente, y esperan la solemnidad con la que suele envolver las anécdotas más intrascendentes, aquel final de frase que siempre empieza con un «No, ahora hablando en serio», y que todos saben que hará aflorar algún juicio nostálgico. Arcadi, que desde la universidad no ha dejado de interferir con su insolencia, siempre lo ha descrito como el amigo que parece salido de un centro de neuróticos depresivos y obsesivos compulsivos, pero lo cierto es que todos adoran a Dani porque, en el fondo, ha asumido la función de mantener el grupo a flote.

Aquel mismo jueves, por la noche, dos pruebas de embarazo después, acababan de poner la mesa mientras esperaban a los amigos. Él le preguntó algo sobre las copas de vino, pero ella ya no podía centrar la atención en nada que no fuera el resultado de la prueba. Si al final Melca cogía el AVE a tiempo, serían nueve, y solo tenían seis copas. Con expresión falsamente concentrada, le contestó que en tal caso solo pusiera vasos, pero que esperara un momento, que quería cambiar el mantel por el de hilo de su abuela Jutta. Le parecía que así aquella noche la sentiría más cerca, como si dejando reposar las manos en ella, la tela vieja y familiar pudiera transmitirle la misma determinación que le transmitía de pequeña, cuando tenía que subir al avión para volver a Barcelona y su abuela la cogía de la mano con firmeza para ahuyentar el miedo, como si el tacto del mantel pudiera ayudarla a mantener la cabeza fría y a sobrellevar la cena que ya no estaba a tiempo de cancelar. El ambiente cargado por el humo de tabaco y el ruido de la sobremesa, las cáscaras de los frutos secos esparcidas, ceniza vertida en las latas de cerveza vacías y restos del pastel de manzana que alguien había llevado de postre. Algún vaso con marcas de pintalabios. Hicieron fotos a las etiquetas de las botellas y las subieron a las redes porque Marc utilizaba una aplicación en la que se puntuaba lo que acababan de beber. Marta estaba turbada, pero disimulaba lo mejor que podía.

—Dani, tengo que decirte una cosa.

—¿Por qué siempre dejas el poso del café en el fregadero? —protestó él, inoportuno. Habían coincidido un momento en la cocina. Los amigos se reían al final del pasillo—. Perdona, ¿qué querías decirme?

—Ahora no. Luego.

Marta dio media vuelta, desganada. El colapso, oculto unas horas más. Él a veces se odia un poco cuando reencarna la parte más histérica de su madre, con aquellas manías con el orden.

Desde que era niño y ella mostraba su obsesión por el polvo y la limpieza, o le hablaba de un quitamanchas eficaz, él la rehuía, como sigue haciendo cuando se ven, muy de vez en cuando, pero desde que vive con Marta todo él se ha llenado de la herencia materna, que le impone la necesidad de que la cocina esté impoluta. Hay que colocar los cubiertos en el lavavajillas de forma eficiente, los cuchillos boca abajo, con el mango hacia arriba, los táperes en el estante de arriba para que no se deformen con el calor. No sabe que muy pronto todos los detalles que hasta ayer le parecían fundamentales se convertirán en minucias, restos de un tiempo pasado que se le habrá escapado de las manos sin poder reaccionar.

Volvieron al comedor. Se sentaron y él le buscó la mano por debajo de la mesa para mitigar la crítica de la cocina. Ella no la apartó, como esperaba; al contrario: se la cogió y la apretó con fuerza. Dani no podía intuir el significado profundo de aquel gesto. Cuando la miró de reojo, tampoco supo interpretar aquella mirada nueva, y por eso le respondió guiñándole un ojo y con una sonrisa maliciosa, convencido de que Marta estaba pidiéndole una noche de desenfreno en cuanto se quedaran solos. En aquellos instantes fueron niños, ella asustada y él tan ingenuo. Marta puso los ojos en blanco y le soltó la mano. Luego se unió a la conversación. Discutían de política. Dani se lanzó de cabeza para cortar en seco un debate cada vez más acalorado. La controversia lo abruma. Que sus amigos, a los que considera personas inteligentes, puedan tragarse todas las mentiras que esconde el lenguaje político y sean capaces de defenderlas se le hace insoportable. Son carne de cañón y no se dan cuenta. La polarización de la política le hace sufrir. La conversación había ido tiñéndose de un sentimiento pesimista, y el ambiente no era de apasionamiento dialéctico, sino que ahora reinaba un aire de provocación, de ofensa, como un interminable partido de pimpón que se radicalizaba por momentos y que eclipsaba la noche. Para tratar de evitar que la cena acabara con todos ellos divididos en trincheras, preguntó casi a gritos si alguien quería más vino, café, infusiones. Exaltados, ni siquiera lo oían, así que hizo repicar la cucharilla contra su vaso, en el que quedaba un culo de vino, como si tuviera que anunciar algo importante. A Marta le dio un vuelco el corazón. Relacionó aquel sonido con lo que aún tenía que contarle. Todos se callaron y miraron a Dani con curiosidad.

—En Mozambique hay un parque en el que los elefantes; bueno, de hecho, últimamente solo las hembras, nacen sin colmillos. —Los amigos se encogieron de hombros o hicieron una mueca de incomprensión—. Los biólogos creen que es el resultado de una evolución genética tras décadas de caza furtiva. En Mozambique, durante la guerra civil, el marfil se vendía para poder comprar armas, y la carne de los elefantes servía para alimentar a los combatientes.

Silencio incómodo y miradas de estupor unos segundos. Y acto seguido, abucheo por la interrupción, risas y silbidos, y un ataque deliberado contra Dani con migas de pan y un tapón de corcho. Le decían que se dejara de elefantes, que lo que tenía que hacer era posicionarse, pero con la interrupción la discusión política quedó suspendida. Al fin y al cabo, estaban en su casa y habían captado el mensaje. En la mesa volvió a imperar la calma, y por un momento pareció que no supiesen de qué hablar; Arcadi sacó el tema del verano, que si hacían algo juntos, que había quedado pendiente lo de Córcega, pero todavía era enero y el frío persistente había dejado desnudos los árboles. Carles e Irene llamaron a la canguro para saber si la niña se había dormido. Se estrenaban como padres, se angustiaban, amaban. Dani captó la mirada cómplice entre ambos y cómo él le frotaba brevemente el muslo. Había consenso en los gestos, el amor hegemónico. Los aprecia, aunque desde que son padres siente una especie de envidia, no por lo que poseen, sino por lo que restan, lo que los aleja de lo que antes los hacía irresistibles: la despreocupación, los ideales irrealizables, el vínculo de las viejas heridas, las sonrisas, las consignas que solo eran suyas, la juventud, quizá. Le da la impresión de que cenar con sus amigos se ha convertido casi en un lujo, un capricho. Mantienen un grupo de WhatsApp en el que sus vidas circulan al ritmo de la mensajería instantánea, que regula su existencia. Se intercambian signos vacíos, imágenes incorpóreas, emoticonos y chistes. La amistad se mantiene viva gracias a la información que transportan los hilos invisibles. El vínculo es más intenso a través del móvil que cuando se encuentran, muy de vez en cuando, para cenar o celebrar algo juntos. Cara a cara, el ingenio cae abruptamente, se desvanece la comodidad de poder opinar sin filtros, el atrevimiento para decirse cuánto se quieren y cuánto se echan de menos, o qué hartos están los unos de los otros. Cuando por fin se reúnen, superadas las demostraciones de afecto iniciales, abrazos y besos, sentados alrededor de la mesa escandinava y a medida que caen las horas, topan con una cortina etérea que los cubre con el desencanto y la decepción de un grupo de amigos que ve cómo caducan sus sueños de juventud. Para Dani, los reencuentros son un arma de doble filo, los espera con el recuerdo deformado de las noches interminables, del ansia de fiesta, pero siempre acaban adquiriendo un cariz nostálgico que lo deja un poco hundido; no solo porque queden muchas cervezas sin abrir o porque en la mesa nadie termine colocado, sino sobre todo porque percibe en cada amigo pequeñas mutaciones debidas a su proceso de maduración. Y las teme. Teme cada mínima alteración de este grupo formado en gran medida en la universidad. Para él, los amigos vendrían a ser la estructura de su estabilidad, y una estructura sólida aporta mucha seguridad, pero una estructura que madura con cambios de papeles —amigos que son padres, amigos que cambian de pareja, amigos que se marchan— altera su esquema y lo obliga a reubicarse. Ha convertido a sus amigos en su religión. Los cambios lo sacuden. Lo que deja atrás siempre le provoca cierto dolor y cierta añoranza. Siente que como grupo ya solo los sostienen las viejas anécdotas. Marta le dice una y otra vez que exagera, que tiene dentro una mezcla de Woody Allen y de la larva repugnante que surge con violencia del pecho de uno de los tripulantes en *Alien*, que últimamente salta por todo y está irritable.

Y a pesar de esto, esa noche se sentía bien. Seguía necesitando tanto a sus amigos... A la hora de marcharse, de pie junto a la puerta, la vieja promesa de verse más a menudo, el efecto del vino, las risas, su red de seguridad. Les perdonaba el hecho de que de alguna manera se estuvieran difuminando los contornos que antes los definían. Podía perdonarles, incluso, que desvirtuaran un poco a los que siempre decían que acabarían siendo. Prefería tenerlos cerca aunque fuera así. Estaba enamorado de un ideal de amistad incuestionable. En el fondo lo sabía. En el fondo todos sabían que el trabajo, el día a día, la logística de los unos y de los otros arrasaban con los ideales y los dejaban en segundo plano. La amistad es un espejo perfecto. Dani nunca hablaba de esto con ellos, no es la clase de flaqueza que uno va mostrando por el mundo, pero sí lo tenía presente, e incluso siente algo parecido a una punzada cuando alguien se atreve a sentenciar que la amistad está sobrevalorada. Todo cambia a una velocidad endemoniada y él es incapaz de seguir el ritmo;

necesita creer que los amigos no cambiarán, o como mínimo que no lo harán tan deprisa. Sin ir más lejos, dos días antes de la cena lo había oído en el metro. En la parada de Espanya habían subido dos chicas con identificadores colgados del cuello. Salían de trabajar cansadas, de un congreso. Maquillaje excesivo, zapatos de tacón; se habían pasado el día forzando la sonrisa y por eso estaban exhaustas. «No le hagas caso, la amistad está sobrevalorada.» La otra había asentido con la cabeza. Bajaron en la siguiente parada dejando aquella maldita frase en el aire. Dani sabía que en el fondo tenían razón. Haciendo ondear la bandera de la amistad han sudado detrás de una pelota, se han bañado de noche en el mar gritando como si no hubiera un mañana, han cerrado locales. Se han confesado miserias en muchas barras de bar, han viajado, se han peleado, se han cedido sofás para dormir durante períodos de transición de parejas y de pisos, de complejidades. Para Dani, el valor de todo esto nunca será excesivo ahora que ha aprendido que hacerse mayor pasa por ir convirtiendo en recuerdo lo que antes era real y aceptar que los amigos, en sus nuevos mundos, son otras personas. Melca, que cuando él la conoció era tímida y reservada, es ahora el alma de los encuentros. Se preguntó cuál de las dos era más real cuando ella se levantó para ir al lavabo y se puso a cantar, desinhibida.

Recogió la cocina mientras Marta seguía con sus rituales de antes de acostarse. A menudo intenta volver a ser quien era justo antes de aquella noche, intenta recuperar aquel estado, el del momento previo a saber que existía la posibilidad de ser otra persona, y cuando reconstruye la escena, recuerda la historia del tsunami de Tailandia, la de la niña británica que salvó la vida a un centenar de turistas en la playa de la isla de Phuket advirtiéndoles a gritos de que se acercaba un tsunami cuando el agua retrocedió y se alejó de la playa, minutos antes de que la gran ola destructora pudiera verse desde la costa. Solo ella supo interpretarlo. Lo había estudiado en la escuela unas semanas antes. En aquella playa no hubo víctimas porque la niña reconoció los indicios. Los indicios que rodeaban a Dani aquella noche tenían una apariencia tan modesta, tan completamente normal que nada podía avisarlo de la gran ola: el olor de la crema facial que ella se aplica por la noche, sus pies helados y el viejo Rufus adormilado en su cama. Fuera había empezado a lloviznar de nuevo. A Marta le parecía que Marc no estaba bien. Lo había visto un poco tocado, y mucho más delgado. «¿No te has dado cuenta?» Dani bostezó y le restó importancia. Le daba pereza acabar la noche hablando de Marc con ella; aunque era tarde y al día siguiente madrugaban, tenía la esperanza de follar un rato, aunque fuera un polvo rápido y funcional. «A quicky one», como ella le implora a veces en broma haciéndole cosquillas y acariciándole el ombligo. En general, a él los anglicismos le parecen una depravación más de la especie humana, términos absurdos en boca de adultos que empujan a la sociedad hacia un estado perversamente infantil, pero «A quicky one» lo acepta bastante bien y lo utiliza sin problemas.

—Es normal, llevaban media vida juntos. Hemos quedado el miércoles, como siempre, para tomar una cerveza y ponernos al día.

Todas las aristas deshaciéndose bajo la cálida luz del dormitorio, el frescor de la almohada en la cara y el agradable cansancio en las plantas de los pies.

—Pero tranquila. Lo superará —le contestó para cortar la conversación en seco.

Se dio media vuelta para darle un beso en el hombro. Le apartó un poco el pijama. La calidez de la piel. Las pequeñas costumbres adquiridas.

—¿Era eso?

—¿Qué?

—Lo que querías decirme antes, en la cocina.

Marta se rascó la cabeza y, con un gesto rápido y automático, se quitó una goma de pelo de la muñeca y se lo recogió. La diminuta estrella tatuada brilló tímidamente mientras se le oscurecía la mirada. Inspiró por la nariz ruidosamente y soltó el aire convertido ya en sentencia:

—Estoy embarazada. No quiero seguir adelante.

Él

It might be fun to have a kid that I could kick around
A little me to fill up with my thoughts
A little me or he or she to fill up with my dreams
A way of saying life is not a loss

LOU REED,
«Beginning of a Great Adventure»

Tiene cinco años y medio, chocolate seco alrededor de los labios y el pelo dorado por el sol de agosto. Las sienes sudadas. Flexiona las rodillas y se acuclilla. Las nalgas casi le tocan los talones. Respira con la boca abierta. Zumbido de abejorros en la lavanda, rumor de agua jugando con los guijarros en el río. Dani forma una pinza con el índice y el pulgar para coger una ramita larga y delgada que ha encontrado en el suelo. El ceño fruncido, concentrando toda su atención en lo que está a punto de llevar a cabo. Ha encontrado un hormiguero cerca del río Nalón, que pasa a no mucha distancia de la casa de su abuela, en Tudela Veguín. Estarán aquí hasta septiembre, cuando empieza la escuela. Su abuela le da pan con aceite y chocolate para merendar, juegan al parchís, y si no llueve, van a bañarse al río. No hay prohibiciones. Las manzanas para hacer sidra de los manzanos de delante de casa le caben en la mano. Aquí, en el pueblo, su madre parece más calmada. Su abuela y ella se pasan el día cuchicheando, acercan mucho la cabeza para decirse cosas que Dani no oye con claridad, pero deduce que de ese nudo privado entre ellas debe de salir el futuro. Solo caza al vuelo eses y ces que brillan y les salen disparadas por debajo de los incisivos superiores. Su madre es una mujer joven y guapa, y con una mirada nueva que se parece a la de la vieja de la carnicería del pueblo, la que siempre va vestida de negro y con un pañuelo de tela arrugado en el puño de la camisa. Lo de su padre y la ambulancia ha quedado lejos. En otra vida. La de antes. La de hace tres meses. La de cuando su padre llamaba con la campanilla desde la cama, y con voz metálica le pedía un beso. Podía decir «beso». No podía decir «agua». Para pedir agua tenía que escribirlo en un papel. Le habían perforado el cuello. «¡No lo mires fijamente!», le reñía Anna, su hermana, y él no quería clavar la vista, pero la vista se le escapaba. Y después, a las pocas semanas, la ambulancia se llevó a su padre. Ya no volvió. Las ambulancias le darán pánico toda la vida.

El germen de la lógica en el fondo del cerebro le impulsa a introducir el palo en el agujero del hormiguero. Lo hunde todo lo que puede y, con una rabia que estrena esa misma tarde, inicia un movimiento similar al de tocar la zambomba hasta convertir la ramita en un arma letal. Cientos de hormigas rojas salen huyendo del gigante asesino y se dispersan por el suelo, enloquecidas y desorientadas. Luego él coge tierra y tapa lo que queda de los orificios de ventilación. Se levanta, se sacude la tierra de las pequeñas piernas de un cuerpo aún en construcción y corre hacia su madre. La abraza. Se le cuelga a la espalda agarrándose del cuello, como un pequeño orangután. Su abuela le da un beso y dice: «¡Uy, mi niño, qué guapo que está!». No mira atrás. El río baja repleto de agua muy fría y transparente. Hay un claro de tierra firme. Se sientan en él. Su abuela y su madre chapotean con los pies al ritmo de la conversación y levantan pequeñas crestas de agua. Anna lava el pelo, de un amarillo pajizo, a la muñeca con cuerpo de sirena. En un rincón, haces de juncos se inclinan sobre las mujeres de su vida. Tiene que encontrar la manera de cuidarlas, de alejarlas de los peligros. Su tío Agustín ya le ha dejado probar la sidra. Solo un trago. Es el hombrecito de la casa. Se lo han dicho muchas veces desde que murió su padre. Con el sol en los hombros, de repente se siente indomable. Se mira las manos sucias. Todo él es una demostración de fuerza de cinco años y medio. Si ahora alguien lo lamiera, notaría el sabor de la tierra y el sudor.

A Asturias volverán todos los veranos hasta que Anna y él dejen atrás la adolescencia; la casa del pueblo de su abuela siempre será la opción de veraneo incuestionable. Durante muchos años, su tío Agustín vendrá a pasar unos días. Dani nunca sabrá que viene porque se lo ha pedido su madre. Para impregnar de un poco de masculinidad el ambiente, para que el niño de nueve años se empape de todas las cosas que tradicionalmente se han delegado en la rama masculina. Ella se vanagloria de que su hermano conserve el trabajo de mecánico inspector de ITV en Oviedo; el motor, la grasa en las manos y la mecánica. Lo deja fumar en la mesa, y cuando ve el fútbol y grita al árbitro profiriendo palabrotas y maldiciones, ella lo exculpa con una amonestación cariñosa. Su tío Agustín cambia bombillas, pela cables, se afeita todas las mañanas y orina de pie al lado de Dani, que mientras se lava los dientes lanza miradas relámpago para vislumbrar un pene que le hace abrir mucho los ojos. Con las visitas de su tío, su madre se ha convertido en una especialista en etnografía cotidiana que intenta ajustar sus circunstancias particulares —mujer sola con un niño y una adolescente— a lo que suele ser la vida de los demás. La herencia cultural todavía es una cepa resistente que no la deja dormir. Los ansiolíticos no frenan el comentario que le hizo una clienta de la peluquería, una psiquiatra que le regala calendarios de farmacéuticas cada vez que estrenan año: «Un niño necesita un padre. La niña, mira, seguro que, contigo como modelo, puede salir adelante perfectamente; pero Dani es otra cosa. Está demostrado que los niños sin padre consumen más alcohol y drogas en la adolescencia y tienen más problemas con la ley. ¿Sigues sin salir con nadie? ¡A los dos les iría muy bien! Si acaso esta vez aclárame más las mechas del flequillo». Ella le contesta que sí, que más claras le darán un aire más desenfadado. Sonríe, pero por dentro algo se le desencaja. Sabe que no quiere a ningún otro padre para sus hijos y se aferra a la esperanza de que Agustín sabrá sentar en el pequeño Dani las bases de la valentía y el coraje, que le hará jugar al fútbol los sábados por la mañana y lo pasarán bien juntos con maratones de películas de acción, que cuando sea adolescente lo introducirá en la cofradía de los hombres de bar que juegan a las cartas, beben coñac y ríen recordando antiguas juergas, y que será un modelo, el ideal de la masculinidad, que ella asocia a estas actividades y cualidades. No tiene en cuenta que también estará el cariño del tío por el sobrino, que un día saldrán a pasear, se detendrán a hablar con unos vecinos delante del granero, Dani y Anna subirán para perseguir a la gata que desde hace días alimentan a escondidas y el tío le llamará «hijo», y que a partir de aquel día lo hará siempre.

«Daniel, hijo, ten cuidado, no te vayas a caer. Bájate del hórreo ahora mismo.»

A Dani le gustará obedecer a su tío, fingir que discuten sobre el Barça y el Sporting de Gijón, correr por la carretera para ver quién llega antes a la cementera y echar un pulso con él. Actuará siguiendo la pauta, que casi ya no recuerda, de agradar a un padre, ir detrás de él y admirarlo en secreto. Su tío le enseñará a afeitarse y a conducir, y cuando hacia los quince años Dani empiece a tratar con chicas y a besuquearlas, y alguna vecina cotilla lo comente por ahí, será él quien, una vez más porque la madre se lo pedirá, le hable de vez en cuando de cosas que Dani conoce de sobra: la erección matutina, los anticonceptivos, la responsabilidad y los embarazos no deseados. Estas conversaciones incomodarán mucho a Dani, que preferirá que su incipiente vida sexual siga en la clandestinidad, así como su confusa adolescencia, y un día, cuando se mire en el espejo después de ducharse, se dará cuenta de que el vello emergente encima del labio superior, la complexión y el rostro, tan cambiantes, le recuerdan cada vez más al padre de las fotografías, y sentirá cierto orgullo, una necesidad de tenerlo cerca que, por la imposibilidad de materializarla, quedará enseguida sustituida por el impulso de ir a buscar a su tío y pedirle que no lo llame «hijo» nunca más, de gritarle a la cara que él no es su padre, que solo su padre podía dirigirse a él así. Reprimirá ese deseo por no herir a nadie, y a cambio se jurará que cuando tenga un hijo, siempre estará ahí. Que no se pondrá enfermo. Que, definitivamente, no se morirá. Llegarán todos los años de libertad en que la vida lo llevará a olvidar aquella promesa y su condición de niño solitario, fruto de una infancia dominada por mujeres: su madre, su abuela, su hermana y las clientas de la peluquería, donde muchas tardes esperará a que su madre cierre sentado entre cómics. Los primeros años de libertad serán la época en que emergerán todos los personajes que uno puede llegar a ser: el universitario estudioso, el gracioso, el fanático del cine, el que sabe escuchar a los amigos, el que se pasa con el alcohol, el que prefiere quedarse en casa los sábados por la noche, el que no confiesa a su hermana que la echará terriblemente de menos cuando ella se vaya a estudiar al extranjero, el que siempre buscará una excusa fácil para que la chica que se despierta a su lado en la cama se marche enseguida, el que dejará la pasta que no tiene a los amigos que la necesitan, el que viajará solo, el que creerá que Formentera en agosto es el infierno pero nunca dejará de ir si se lo proponen sus cuatro amigos, el que mirará atrás y le parecerá que, al final, el barrio en el que vive su madre y la quietud de la que fue su habitación quedan muy lejos. Pasarán por delante la curiosidad, el entusiasmo, los estudios, el trabajo, las mujeres y el dinero. Con los años, la euforia se aplacará y estar razonablemente triste se volverá habitual. Siempre en silencio, seguirá buscando padres de celuloide, y en los guiones que escriba cuando las aguas de su río bajen más tranquilas habrá padres que abandonan, padres que mueren y padres ausentes. Aunque no pueda describirlo de forma clínica, todo tendrá un significado relacionado con el desamparo. El drama por el padre perdido y el hundimiento de la infancia serán el tema central que vertebrará el guion de una película que empezará a escribir y que nunca acabará. Pero le irá bastante bien escribiendo comedia, haciendo reír a los demás, aunque dentro de él quedará un material vital fantasmagórico que nunca será capaz de utilizar con propiedad.

Viernes

Semana 8

3

El metro va lleno. En hora punta, los vagones son cápsulas de realidad que contienen a una muchedumbre permanente de personas que a menudo solo comparten el deseo de blindarse en su intimidad tecleando en el móvil o escondiéndose detrás de un libro. Cuando salgan afuera la vida será urgente, pero durante el trayecto la espera en movimiento se convierte en una tregua obligatoria. Dani a veintiséis kilómetros por hora, el pulso acelerado, el estómago revuelto, los nervios que se manifiestan físicamente. Siempre ha sido así cuando ha tenido que enfrentarse a alguna circunstancia inesperada, y presiente que la situación con la que acaba de topar será complicada y confusa. El convoy como un obús lanzado a toda velocidad hacia el final de la vía mientras él, atrapado, se pone los auriculares y sube el volumen hasta llenarse de happy punk cargado de humor satírico. Envuelto de un mundo sonoro impulsivo, se esfuerza para que los acordes altos y las melodías en clave mayor trituren el pensamiento, convertido en una entidad corpórea que se le ha instalado dentro desde anoche. La preocupación va creciendo, multiforme y densa.

Aún no lo sabe, pero llegará un día en que se preguntará de qué se arrepiente más, si de lo que ha vivido o de lo que ha dejado de vivir. Nunca despejará la incógnita. Entenderá que el significado de la vida queda contenido en esta fisura, reducido a una cuestión binaria y condensado en una duda sempiterna. Por respuesta, el silencio.

Uno podría basar la misma cuestión en una cara un poco más amable de la vida y plantearse qué vale más, lo que ha vivido o lo que pensaba que viviría. Es tan sencillo como cambiar un verbo; él sabe bien que el lenguaje tiene el poder de transformar la realidad, o al menos de alterarla, aunque sea momentáneamente. En cualquier caso, él es así; como mecanismo de defensa siempre tiende a ponerse en el peor de los casos, y alguien como él, que nunca suele vaticinar un buen desenlace, es más probable que opte por el verbo «arrepentirse», porque, se conjugue como se conjugue, siempre lleva implícita la derrota.

Pero de momento vive instalado en el presente. Un presente gobernado por el ruido. Hay robots sexuales, nanomedicina, amenazas nucleares, grafitis en las paredes, becarios mal pagados, becarios no pagados; hay Foursquare, Twitter, Instagram, Facebook, Tinder, presos políticos, veganos, técnicos en domótica, flujos migratorios, fronteras formadas por muros, fronteras formadas por agua, náufragos que flotan, drones y biohackers; hay feminismos, crioconservación, desahucios, patinetes eléctricos, tarrinas de medio litro de Häagen-Dazs de chocolate belga, huelgas de taxis, ciberabogados, manifestaciones, espacios de *coworking*, animales clonados y maternidades subrogadas; hay navidades laicas, masculinidades en transición, *community managers*, ataques químicos, salas de *fitness*, saldos vegetativos positivos y el Protocolo de Kioto. Hay todo un presente haciendo ruido, todo un presente con una crisis evidente de silencio, y dentro están Marta y él, como están los demás, como está lo que busca su sitio y acaba encontrándolo, y como, asimismo, está todo lo demás que se pierde por el camino y va desplazándose hasta ser solo un recuerdo flotando por el archipiélago de la memoria.

Rodeado de la multitud en la que normalmente se fija y toma notas para el trabajo, hoy la sensación de ahogo no le dejar ir más allá. Le molesta todo: la manga de la gabardina del señor de al lado cada vez que pasa la página del periódico, el olor del embutido de un adolescente que se come un bocadillo y habla por el móvil sentado en el suelo, incluso la luz amarillenta del vagón. Siente en la boca del estómago el peso de lo que le dijo Marta y lleva la noche en blanco pegada a las cuencas de los ojos. Todo lo que Marta sentenció que no pasará existe dentro de Dani con una fuerza grotesca que de momento gira obsesivamente alrededor del cómo y el cuándo. Se da cuenta. Se da cuenta de su escaso control sobre aquella marea ascendente, imparable, descomunal. Sube el volumen de la música al máximo para acabar con toda burbuja de oxígeno que alimente esa noción de futuro sin contornos. Pero ¿cómo se disipa el futuro? ¿Cómo se reescribe el guion de la vida? La intensidad del sonido no le ayuda; la clase de escritura creativa que tiene que impartir a las nueve en punto, tampoco.

Para relativizarlo todo, para descomponer la escena de la noche anterior en unidades comprensibles y reducir las palabras de Marta a simples piezas de un rompecabezas que ahora mismo se resiste a mostrar su imagen completa, necesitaría, para empezar, la mañana libre. Tiene que llamar a la escuela de escritura en la que da clase un par de días por semana. Se inventará una gripe o un funeral. Él, el rey de la inventiva, debilitado de repente por la mejor excusa a la que recurrir para justificar su ausencia. Su trabajo como guionista de series de televisión no le permite ninguna frivolidad una vez pagados el alquiler y los gastos fijos, así que lo compagina con estas clases para dignificar sus ingresos a fin de mes. Lo que empezó como un recurso para salir del paso, provisional, ha quedado establecido como una entrada segura de dinero. Una entrada exigua, eso sí. Tiene la sensación de que, desde que era adolescente y ahorraba para comprarse la PlayStation, nunca ha dejado de buscar la manera de ganar dinero. Siempre picoteando de aquí y de allá. Su progreso biológico no casa con su progreso laboral ni con la estabilidad a la que aspiraba hace unos años. Ya no cree en la estabilidad. La realidad más bien le ha hecho creer en la deriva.

Hasta ahora, nunca había mentido para no ir, aunque muchas veces ha sentido la tentación. Pero esta mañana es diferente, él es diferente, y si ha sido capaz de dejar embarazada a Marta, se dice, por fuerza tiene que ser capaz de mentir sin miramientos. Lo hace por escrito. «Cobarde», se culpa. Sopesa la estupidez de juzgarse en un momento así, y mientras teclea: «Debo cancelar la clase de hoy por un asunto personal», nota que el corazón le da un vuelco por lo que contiene de real la excusa escrita.

Justo cuando envía el mensaje, aparece uno de Marta que le desmonta toda la carpa del circo dramático que él acababa de desplegar: «Me he encontrado con Laura. Que tiene entradas para el sábado, para el concierto. ¿Te apuntas o no? ¡Yo seguro que voy!». Se concentra en el emoticono que remata el mensaje guiñándole un ojo y sacándole la lengua. Se acerca para mirarlo. Una representación icónica del lenguaje adoptada como reacción llena de sentido y emoción. Le gustaría poder acercarse hasta el punto en que se hiciera visible lo que no ve a simple vista, porque está claro que detrás de aquella carita de color amarillo se ocultan cosas importantes e inteligibles en cualquier idioma, como que todo está en su sitio, que nada ha cambiado y que la vida, tal como la conocían, sigue su curso. Concierto, sábado. Música. Unas copas. El ritmo distendido del fin de semana.

El grupo al que Marta admira a él lo aburre profundamente. La falta de sensualidad en las canciones o la voz nasal del cantante, nunca se ha parado a dilucidarlo. Los tolera porque llenan con su sonido el espacio que habita con Marta, y la ha visto bailar a contraluz, solo con unas bragas puestas y las uñas de los pies pintadas de color turquesa, cantando a media voz canciones que hablan de amores oxidados y de veranos que lo curan todo, y él se ha derretido con aquella coquetería sensual, las pulseras de la muñeca y los pechos redondeados; se lo perdona porque son un hilo de Ariadna del que él tira para volver a la placidez de la buena vida cuando las cosas le ahogan, un hilo que lo ata a Marta, y porque a ella le gustan los cuatro barbudos de aspecto desganado, y ahora, con el nombre del cuarteto escrito en la pantalla, bajo tierra, mientras la velocidad del convoy se reduce hasta detenerse en la estación, los exculpa para siempre porque han acabado de golpe con la agonía en la que se había quedado atrapado desde que anoche Marta sonara tan franca y dejara caer en la cama las palabras que fueron sobresalto y que serán cambio.

Solo había sido capaz de reaccionar con una pregunta:

—¿Te encuentras bien?

—Sí, Dani, pero estoy cansadísima. Lo hablamos mañana con calma.

—Hostia, Marta. ¿Y ahora qué?

—Dani. Mañana. Por favor.

En el lenguaje íntimo gestado durante los dos años de relación, el tono de Marta dejaba entrever una bomba de relojería, así que decidió claudicar y le deseó buenas noches, como si la cordialidad y las horas que quedaban hasta que empezara el nuevo día pudieran hacer cumplir el deseo infantil de abrir los ojos a la mañana siguiente y darse cuenta de que todo había sido un sueño. Con las luces apagadas se iniciará un proceso de no retorno, y su mente se aferrará a las ansias de control, a la necesidad de tener todas las posibilidades perfectamente estudiadas, quizá sea este el rasgo más común que comparte con Marta. «Un hijo genera un montón de variables», pensó, asustado. Pasó el resto de la noche desvelado.

En el metro, inspira profundamente para volver a hacer sitio dentro de él al orden y a la calma. Concierto, sábado. No ha pasado nada. «¡Sí, me apunto!»

Aún bajo tierra, en el espacio circular de la estación de Catalunya que conecta con el metro y las salidas de Pelai y Canaletes, un hombre canta y toca con guitarra y armónica «Simple Twist of Fate», y mientras la multitud se dispersa en todas direcciones, Dani queda atrapado por la voz y la acústica. Se detiene delante de él y lo escucha con atención. Le gustaría pensar que la canción es una simple coincidencia, una ironía del destino abrazando otra ironía. Pero en una mente que se dedica a fabular para ganarse la vida, las casualidades adquieren formas concretas. A él no le parece una simple coincidencia. Lanza un par de euros dentro de la funda abierta de la guitarra. Topa con la mirada agradecida del cantante. El hombre está cubierto por entero de una pátina cerosa de trotamundos que oculta al artista de éxito que no ha podido ser, que se conforma con el subsuelo como único escenario y con los transeúntes con sus existencias abstraídas como público fugaz. Se pregunta cómo ha acabado aquí. Se pregunta también cómo ha podido pasar. ¿Por qué ahora? «A Simple Twist of Fate.» La música deja de ser un fondo sonoro para las cosas que pasan, y de repente constata lo que ya intuía desde anoche: que en adelante ya no podrá mirar hacia otro lado. Todo volverá siempre a las palabras de Marta convertidas en coordenadas. Norte. Sur. Este. Oeste. «Estoy embarazada. No quiero seguir adelante.» Y entiende que serán estos, y no otros, los puntos cardinales que lo guiarán a través de sus días.

Fin de semana

Semana 8

4

—*Kaffee?*

Marta levanta un poco la cafetera cuando lo ve entrar en la cocina, adormilado. Él se queja de que tiene frío. Se sienta y procura no fijar la mirada en la barriga de la mujer a la que ama. Desde hace unas cincuenta horas solo la mira de cintura para arriba. Descalza, como siempre, se mueve ligera por los escasos metros cuadrados de la cocina. Por la ventana entra una luz mortecina y el rumor de los vecinos, que van levantándose. La monotonía sonora de todos los días, hecha de cafeteras, cisternas de váter, aspiradoras y el agua corriente de una ducha. El edificio es un mosaico de nacionalidades extranjeras; principalmente, paquistaníes, filipinos y marroquíes; también italianos, como los tres que comparten piso en su rellano. A la inmigración exterior del barrio se suma una interior, de jóvenes que, como ellos, han empezado a trasladarse allí desde otras zonas más céntricas. «Finca regia», decía el anuncio. No tiene detalles pomposos, ni alfombra roja en la entrada, pero el edificio es de 1910, y el techo de la portería es de artesonado; la guinda del pastel es el ascensor original, una hermosa caja de madera noble protegida por una malla romboidal de hierro decorada con detalles forjados, y dentro, la placa de bronce que indica cada piso. Por lo demás, «regio» es solo una manera de enmascarar un edificio más viejo que la tiña. Pero hace ahora casi un año todavía compartían la emoción de haberse encontrado, y probablemente el delirio amoroso de todos los comienzos, sumado a la belleza encubridora de una portería, los empujó a pronunciar un sí categórico ante el agente inmobiliario.

Son los inquilinos del tercero tercera. Una historia más en la ciudad.

Ella le da un beso en la mejilla y le acaricia el pelo. Dani no contesta. Desliza el dedo por la pantalla del móvil sin fijarse en nada en concreto. Tiene la boca pastosa y el sopor de una mañana de domingo de enero sin planes a la vista.

—¿Quieres café o no?

Marta se esfuerza por sonar natural, contenta, incluso, pero cuesta, ahora que los dos saben que no están solos.

Que ha bajado a la panadería y le ha traído una ensaimada de cabello de ángel, le dice con un registro de voz que no forma parte del repertorio de su vida en común, y que cuando ha vuelto, la vecina del cuarto le ha confirmado que en la reunión de propietarios de la semana pasada aprobaron los presupuestos para renovar las cañerías de los patios interiores. Él coge con dos dedos un pellizco de los filamentos dulces que rellenan la ensaimada y los mordisquea totalmente abstraído. Nota el dulzor en la punta de la lengua, una sensación placentera que poco a poco va despertándolo, y oye a Marta, que sigue hablando con la voz aún ronca tras el concierto de anoche. Que «Suerte que no somos propietarios», añade ella con una sonrisa, que «Sería un palo tener que preocuparnos de las obras y todo eso».

—Sí, bastantes problemas tenemos nosotros ya.

Las palabras se le escapan como un pez escurridizo, sin tener tiempo de frenarlas ni entenderlas. Los dos bajan la mirada. Se siente mal por Marta. Lamenta lo que acaba de decir. Hasta este momento no lo había clasificado de ninguna manera. «Problema» es la denominación que le ha salido de dentro, y le parece que el hecho de ponerle un nombre le ayuda a perfilar tímidamente el pensamiento caótico que lo ha acompañado los dos últimos días. Pero el nombre aún no llega al fondo del asunto, solo lo bordea, como un incipiente dolor de cabeza.

—Tengo hora la semana que viene. El miércoles.

La mira, ahora ya completamente despierto y dedicándole toda su atención. Dice que sí con la cabeza como podría decir que no. Se siente totalmente fuera de lugar, alejado de toda lógica, no tiene la menor capacidad de respuesta, como si lo hubieran vaciado de opinión y de emoción. Sin analizarlo, piensa que esta distancia ya le va bien. Que precisamente de esta distancia depende cada día hasta llegar al próximo miércoles. Que se aferrará a esta distancia para andar sobre las brasas sin quemarse, que podrá escudarse en esta misma distancia hasta que la noticia de la noche del jueves forme parte del pasado. Aún no sabe que cuando insinúa que puede organizarse para el miércoles y que si quiere la acompaña, no está dando el mismo tratamiento a la propuesta que daría si planificara acompañarla al dentista o a hacer una antipática gestión al banco. No sabe que cuando el terreno es rugoso, no se puede andar de puntillas y sencillamente esperar a que los males sean agua pasada. Solo siente ese punto de intuición corrosivo, poco definido, cuando ella le dice que no es necesario, gracias, que no será mucho rato y que prefiere hacerlo sola. «Hacerlo sola», ha dicho. «Hacerlo.» Y él piensa que, en todo caso, lo que hará el miércoles será deshacerlo. Es obvio que no le dirá nada de esta obscenidad léxica. Le asusta la imagen que crea. Cada nuevo apunte sobre lo que ha pasado y lo que tiene que pasar aumenta su angustia. Quiere que las horas y los días pasen deprisa, que todo se coloque en su sitio. Es entonces cuando, sin querer, da un codazo al azucarero de vidrio, que cae al suelo y se rompe en mil pedazos. El instinto protector le hace alargar un brazo para frenar a Rufus, que se acerca, curioso. El blanco cristalizado esparcido por las baldosas. Habrá partículas de azúcar y de vidrio en los ángulos más recónditos de todas las juntas por siempre jamás. La dulzura que cae y el vidrio que corta; si quisiera hacer una analogía, tendría la imagen perfecta.

Tampoco hace tantas horas que bailaban en Razzmatazz. Las luces azuladas y malvas bañaban al público entregado. Se había pasado el concierto mirando a Marta de reojo, como si fuera una mujer nueva, otra persona a la que tendría que prestar más atención a partir de entonces. No le pasaba nada, parecía la misma de siempre, pero a la vez le pasaba todo: levantaba las manos, movía la cabeza al ritmo del bajo y se sabía todas las letras. Hacía fotos con el móvil, abrazaba a sus amigas, se reía, se recogía el pelo, se lo soltaba y aclamaba a los componentes del grupo al principio de cada canción, los vitoreaba. Sonreía y se apartaba el flequillo de la cara. Movía los brazos emulando al batería, movía las manos, le cogía una, la soltaba, saltaba, se pasaba una mano por la nuca, silbaba con los dedos, cerraba los ojos, los abría, le brillaban, daba tragos de cerveza y le susurraba cosas al oído, cosas que él no entendía. «¿Qué? ¿Qué dices?» Le parecía que a partir de entonces Marta solo podría decirle cosas importantes, y con el ruido no la entendía. Cada vez se indignaba más con el grupo porque no le dejaba oír la voz de Marta, de Marta con un problema latiendo en su interior. «¿Qué dices? ¿Qué?» La música le borraba todas las pistas. Y ella se reía, bailaba y cantaba. La dulce introducción al caos.

—Mierda, Dani. Me encantaba ese azucarero.

La cocina se revoluciona unos minutos: perro, hombre, mujer, escoba, cristales, azúcar, órdenes, cuidado con los cristales, ponte las zapatillas, que te cortarás, confusión. Después, todo queda en su sitio. Algún vecino escucha reguetón, y los versos rapeados con alta carga sexual contrastan con el silencio en el que ha quedado sumida la cocina, a la espera de la conversación que estaban iniciando justo antes del estropicio.

—Pongo otra cafetera. Ya no valdrá nada, tan frío.

No saben cómo arrancar. Hay situaciones en la vida que no se ensayan: se alza el telón y se improvisa una jam session sin patrón, ritmo ni melodía concreta. Todo empieza con un tartamudeo de Dani sobre la logística del miércoles. Información sobre cuánto durará, dónde será y qué pasará. A continuación hay tres o cuatro indicaciones breves de Marta que a él lo incomodan mucho, hasta que lo invade un sentimiento de vergüenza pueril. Es el vocabulario que ella utiliza. El tiempo retrocede hasta que Dani tiene once años, y un póster con los aparatos genitales femenino y masculino cubre la pizarra de la clase. La profesora pasa el apuro de todos los años para transmitir unos conocimientos que todos fingen conocer pero de los que en realidad aquel grupo de preadolescentes revoltosos no sabe nada de nada. La ginecología forma parte del lenguaje de las mujeres, de cierta clandestinidad y misterio alrededor de dolores y sangrados que los hombres siempre han mirado desde lejos. Un mundo por el cual él no ha mostrado ningún interés más allá de lo que el sexo expone exteriormente: los órganos de los que presumimos, los que ofrecemos, los que deseamos, los que tocamos y lamemos. Y de repente Marta lo empuja hacia el interior de la anatomía de todos esos órganos. Todas las partes físicas que le han proporcionado tanto placer, las suyas, las de ella, se vacían de su capacidad para satisfacer los sentidos y lo llenan de una turbación humillante. Encontrarse cara a cara con la ciencia de las mujeres lo incomoda, y aparte de actuar bajo la apariencia de hombre de hierro para disimularlo, no sabe cómo encarar la situación. Así pues, compungido, finge normalidad mientras se impone una férrea disciplina castrense. Se coloca bien las gafas, siente en las axilas un sudor frío que empapa el algodón del pijama, y acto seguido se dispone a hablar.

—Ostras, Marta. No sé ni qué decir. Es que nunca hemos hablado de esto. De tener hijos, quiero decir. Al menos en serio.

—No. Tienes razón. —Parpadea un poco y se muerde un padrastro del dedo. Después lo mira como si de repente hubiera entendido su propia confusión—. ¡No, por descontado que no lo hemos hablado nunca! Es muy pronto para nosotros. Tampoco nos conocemos tanto, o sí; no lo sé, Dani, pero no es el momento. Siento que me queda muy grande, y que ahora mismo no es una prioridad para mí, y además me apetece hacer otras cosas, ya lo sabes. Conseguir un poco de estabilidad de una vez. Mi vida laboral es como un deporte de riesgo.

Se chupa el índice, y con pequeños toques va adhiriendo a él el azúcar de la ensaimada que ha quedado en los platos. Después se mete el dedo en la boca. Está nerviosa, y sus pupilas son dos puntos negros que no saben por dónde huir.

En realidad, querría hablarle de su independencia, de su autonomía, de su libertad y de las ideas que percibe como proyectos de vida. Proyectos en los que ha pensado, que ha comentado a todo el mundo, también a Dani. Se refiere a la certeza que tiene de que hay otras maneras de dejar un legado valioso al margen de los hijos. Intenta explicarle su impulso de crear, que ella cree similar al impulso de ser madre. Que quizá con eso a ella le basta. Intenta expresarlo con el entusiasmo de las intenciones que hay detrás de cada pensamiento, las ganas de ser ella misma, pero nota que las palabras tropiezan bajo el paladar y se reducen a una concatenación de frases que no saben contener en sí la trascendencia. El lenguaje debilita las creencias y limita los sentimientos. Aun así, intenta rematarlo.

—Dar clases, inspirar a los demás, si lo prefieres. No creo que sea bueno o malo tenerlos o no tenerlos. Simplemente, que por ahora no creo que sea para mí. ¿Tú te lo habías planteado alguna vez?

—No, qué va, qué va. Si lo había pensado, había sido de pasada, como quien piensa, yo qué sé, si algún día se comprará una BMW, pero no, no me lo había planteado en serio. Supongo que los hijos te los planteas como la jubilación, quiero decir que solo lo piensas en serio cuando llega el momento.

Pero en algún lugar recóndito de su cerebro se ha puesto a funcionar el engranaje de la memoria, y por eso lo que Dani está diciendo no es del todo cierto. Su promesa adolescente de nunca abandonar a su hijo empieza a emerger. Él aún no lo sabe.

—Sí, supongo. Es una putada que pase ahora. Qué mierda, Dani.

—¡No hables así, Marta! Que no estamos hablando de una caldera que se estropea, joder. A los treinta o treinta y cinco años no se es ni demasiado joven ni demasiado viejo, ¿no? Dices que no es el momento de planteárselo, pero supongo que si hay un buen momento para hablar del tema, es precisamente este. Quiero decir que estamos en el momento en el que las cosas deberían ir en serio. Al menos así lo siento yo.

—Pues yo aún tengo que asimilar que tengo treinta, Dani. Y tampoco tú me hables así.

Se arremanga y se coloca el pelo detrás de las orejas.

—Perdona, pero con treinta ya no eres una niña, ¿eh? No querer hijos, y no hablo de este en concreto, sino de tener hijos, en general, a nuestra edad y en nuestra situación, es una decisión que tiene un punto innegable de egoísmo por nuestra parte.

—¡Egoísmo! Pero ¿qué dices? —se escandaliza Marta. Borboteo de la cafetera, ruido de las patas de la silla, que retira para apagar el fuego, alterada—. Egoísmo sería tenerlos para no sentirte egoísta.

—Marta, por Dios, no lo lleves todo al extremo. Me refiero a…

—Supongo que te refieres a sentirte completo —lo interrumpe.

Vierte café humeante en su taza. Se sirven el azúcar directamente del paquete. Él niega la suposición de Marta. Se refiere a algo parecido a la valentía de aferrarse a proyectos de por vida y a dejar atrás el simulacro de vida feliz en la que nunca pasa nada definitivo ni comprometedor. Que quizá «egoísta» no es la palabra, añade, y sería más adecuado decir que casi nadie se atreve a plantearse tener hijos si el futuro no es optimista, que no son una prioridad.

—Somos cobardes, Marta. Y no digo que yo quiera tener hijos, pero deberíamos poder hablar con propiedad. Mira a mis padres, por ejemplo. Seguro que tener, tenían mucho menos que nosotros. Tú y yo salimos, viajamos, de vez en cuando compramos cosas que no necesitamos, con el agua al cuello y currando como animales, pero más o menos hacemos lo que nos da la gana. A ellos no les faltaba valentía para tirar adelante, y sí, claro, me dirás que es un tema generacional, pero tener hijos es más viejo que el mundo, lo que pasa es que ahora lo colocamos a otro nivel, al nivel de una experiencia más.

Marta niega con la cabeza tomando pequeños sorbos de café.

—El error, Dani, es querer tenerlo todo. Tener un hijo para sentirte completo. Para mí, eso es egoísmo.

Él no se lo dice, pero piensa que es imposible conciliar el egoísmo con el afecto de una familia, y que no cuesta tanto reconocer que lo que de verdad da miedo es dejar de ser quienes son para volcarse en otra persona, llenar la vida de miedos que ahora no tienen, iniciar algo en común y para siempre.

—Pues a mí me ha parecido entender que no quieres seguir adelante para potenciar tu carrera como fotógrafa, ¿no?

Ella se ofende. Le pregunta, indignada, cómo se atreve a juzgarla en unas circunstancias que son solo de su incumbencia, de ella y de nadie más. Que si se cree que todo esto es fácil, que ojalá todo se redujera a una cuestión profesional. Y que no vuelva a poner en duda lo que ella piensa sobre este tema.

—Me gustaría verte en mi lugar. No es tu futuro lo que está en juego.

Él afloja, y aunque le parece importante comprender lo que ella quiere decir con esto, entiende que hay una barrera que no puede traspasar. Conoce la furia de Marta, las jerarquías que se establecen entre ellos cuando ha habido discusiones mínimas. En pocos minutos, la tierra ha temblado bajo sus pies. Considera que discutir sobre esto es de otra magnitud, que no se trata de un simple cálculo de pérdidas y beneficios. Ella sale al balcón a fumar, y la conversación queda distorsionada e incompleta. Se han limitado a cubrir ligeramente la brecha, a hablar de la cubierta de un libro que de momento va de una ucronía de su propia vida, no de una decisión que será para siempre y que ya no podrán revertir. Todavía no son conscientes de que se verán obligados a pasar cada una de las páginas de este libro, a leer todos los anexos, las anotaciones y las notas a pie de página. No sospechan que acabarán siendo dos expertos en anatomía forense.

Madrugada del lunes

Semana 9

5

Exterior. Calle. Noche.

Un taxi se detiene, y del vehículo salen Lucía y Lara entre risas. Lara cierra la puerta y el taxi se marcha.

LARA: … ¡porque el tío se cree que es un genio, Luci! El muy imbécil no deja de retransmitir cada movimiento que hace mientras folla. *(Apoya la mano en el hombro de Lucía para que se detenga. Tose un poco y adopta una voz grave, masculina.)* Y ahora, ¿notas cómo entro poco a poco, sientes que te chupo el cuello y que te toco con el dedo?

Las dos se ríen a carcajadas. Caminan tambaleándose.

LUCÍA: ¡Es una humillación sexual en toda regla! Cómprate unos tapones de silicona para los oídos y que le den.

LARA: No, no será necesario.

Se oye el claxon de un coche en la distancia.

LARA: Ya le he dicho que me han dado el trabajo en Düsseldorf. Que me marcho. Con eso ha bastado.

Lucía le frota el hombro.

LUCÍA: Quien no se consuela es porque no quiere, mujer. A partir de ahora no follarás tanto, pero tus oídos agradecerán el cambio.

Vuelven a reírse y entran en un local con un cartel de letras de neón de color rosa.

Ha leído el guion tres veces en diagonal para pasar el mal trago lo antes posible. El efectismo caprichoso, la banalización del sexo y las relaciones personales que está creando por obligación lo ponen enfermo. Las cuatro y media de la madrugada. Se convence de que sacrifica las horas de sueño en nombre de la productividad, pero la verdad es que adelanta trabajo básicamente porque no puede dormir. Ha pensado en despertar a Marta, pedirle que hablen. Tiene que conversar con ella sobre la decisión que ha tomado; no pretende cambiar lo que ella ha decidido, pero necesita intentar ordenarlo, los dos juntos, entender qué está pasando, analizarlo no clínicamente con el idioma que ella utilizó, sino con la esencia con la que se analiza la intimidad; necesita entender cómo sonarán a partir de ahora un «Buenos días», un «Te llamo cuando llegue» o un «Avísame si no vienes a cenar». Cree que a partir del miércoles la musculatura más interna de la relación quedará debilitada o fortalecida, no está seguro, pero sabe que algo cambiará. Si pudieran al menos prever un poco el impacto del cambio, está seguro de que no los pillaría desprevenidos, como los ha sorprendido la noticia del embarazo. «¿Y ahora qué?» es la pregunta remolino que no consigue quitarse de la cabeza. «¿Y ahora qué, Marta?» Le gustaría sacudirla por los hombros, abofetearla hasta hacerle escupir un futuro más concreto, hasta que le asegure que pueden volver al punto en el que estaban el jueves por la mañana, sentados en el coche del padre de ella, de camino a los muebles, al momento dulce que él había tardado años en saborear. Pero ella ahora está en la cama, durmiendo, no puede advertir la angustia del hombre, que al final se contiene y solo se acerca un momento y le toca suavemente la cavidad que le forma el hueso de la clavícula. Tiene ese respirar caliente de las madrugadas de invierno bajo el nórdico, con el entrecejo relajado y la boca cómicamente entreabierta. La energía eléctrica de Marta en reposo. Ha decidido dejarla dormir y posponer la conversación. Pero él nota como migas de pan debajo de la piel, una inquietud que no puede aplacar.

Escribe en pijama y con una sudadera vieja que tiene los puños un poco deshilachados. Estruja el cigarrillo contra el cenicero y exhala el humo de la última calada. Le parece irracional dejar de fumar antes del miércoles, pero a la vez mira el cigarrillo con recelo. Si pudiera, volvería a tomar la decisión de dejar de fumar ahora mismo, le parece una decisión muy fácil comparada con la que ha tomado Marta, que se ve capaz de todo, pero tiene la sensación de que esta semana el tabaco será un aliado imprescindible. Necesita creer que el miércoles es un punto de llegada, una meta, y que cuando la cruce, la vida empezará de cero, como si este incidente le concediera una segunda oportunidad para hacer las cosas de otra manera, partiendo de una personalidad renovada, más responsable, quizá. Cuando piensa en el miércoles, siente una mezcla de arrepentimiento, gratitud y alivio, pero la sensación de descontrol engulle todas las demás.

El diálogo no le sale. Está resentido porque el humor de la serie es cada vez más banal, pero es lo que le piden, el efecto inmediato, espontáneo, la anécdota irreflexiva, llegar a los millennials, insistió el viernes Clara, su jefa, como si hablara de una tribu y sin tener en cuenta que el equipo que dirige está formado principalmente por jóvenes que responden a esa etiqueta. A él, eso de poner una etiqueta a cada generación le parece ridículo, y está convencido de que toda generación cree que debe batallar contra las presiones y las carencias de la anterior, de que cada nueva generación cree que la suya lo tiene más difícil que la pasada, que es una generación insatisfecha porque no puede cumplir las expectativas generadas por la preparación que ha recibido. Se pregunta además si queda alguna generación por deprimir y si insistir tanto en agruparlos a todos bajo un mismo nombre no hace que los que se cobijan en él actúen con un victimismo absurdo. Paro, precariedad, nostalgia de un tiempo mejor. Hay cosas que siempre son de actualidad, pero Clara, una mujer con autoridad intelectual, insiste en diferenciarlas, y de hecho no dudó en repetir el término a los pocos minutos.

«Escribid los gags como si pudiéramos acabarlos con risas enlatadas; quiero caracteres enamoradizos, inmediatez, tecnología, mucho sexo, millennials, pro-mis-cui-dad», exigió puntuando cada sílaba con un movimiento de manos. Pero el verdadero problema es que últimamente a él no le hace ninguna gracia lo que escribe, y siempre había defendido que el humor debe ser una actitud. Si intenta mostrar su desacuerdo con el tono que está adquiriendo la serie, provoca discusiones absurdas con los demás guionistas, que le aseguran que es lo mejor para garantizar la audiencia; y si después de la tercera cerveza y empujado por la camaradería les acaba confesando que le apetece explorar todo el potencial de un humor más sutil, que apele más a la reacción interna, lo tildan de matado y le dicen entre collejas y suaves puñetazos en el hombro que no sea idiota, que si quiere conservar la silla tendrá que claudicar. No le han descubierto la sopa de ajo. Sabe lo difícil que es mantener el nivel de una comedia, mucho más que el de un melodrama. Como en la vida real, la gente se engancha fácilmente a los capítulos sentimentales, pero cuesta mucho hacerla adicta a la risa. Ser guionista es limitarse a lo acordado, lo acepta; sería una locura no hacerlo, pero no entiende que los demás se sientan cómodos con el cambio de tono de la serie. Culpa en parte a Clara, la nueva responsable. Recién aterrizada en la productora. Excepcionalmente, el viernes los reunió a todos en su despacho. No están acostumbrados a eso. Hasta ahora trabajaban a distancia y siempre se reunían en casa de alguien. Sentados alrededor de una mesa de vidrio, todo adquiría un cariz que les quedaba grande y que los hacía estar alerta.

Clara: pantalones de sastre y camisa de seda. Alta. Caminaba con las manos en los bolsillos, dando vueltas alrededor de la mesa. Dani se fijó en la suave protuberancia que se le marcaba en la seda, a la altura de los pechos, y se imaginó los pezones endurecidos dentro de las copas del sujetador. Hombros anchos y pómulos prominentes. Les lleva veinte años a casi todos. Las mujeres del equipo, que en esta producción son mayoría, la veneraban con la mirada. La imaginó también en ropa interior; es atractiva, pero le parece antipática, incómoda con ella misma. Es eso que hace al final de todas las frases, ese falsete de autoridad, como un mensaje de emancipación a modo de bienvenida con el que fustiga al personal para que vea cómo rompe el techo de cristal, cansada de tener que demostrar que la ambición y el esfuerzo la han hecho merecedora de su cargo.

El viernes hacía gala de una actitud un poco falaz, una sobriedad que ni ella misma termina de creerse. Les comunicó que entra con ambición de renovación y con ganas de hacer cambios, y también les informó de que de momento no quería conocer detalles personales de ningún miembro del equipo, aunque lo dijo sin mirarlos a los ojos. Que eso los ayudaría a trabajar de manera más objetiva. A Dani, la frase le pareció sacada de un manual de *coaching* para principiantes, y dedujo que si les podía pegar una puñalada, lo haría. Se quedó reflexionando sobre qué detalles personales le contaría si tuviera ocasión. Le confesaría que en realidad querría ser él quien da vueltas alrededor de la mesa de vidrio, no por ambición ni por el cargo, sino porque le tiene cariño a la serie y sabe cómo potenciarla. Se referiría también a su deseo más latente, el de escribir y dirigir la película que tiene en mente desde hace años, y se lamentaría de su estancamiento profesional, pero le diría que no ve la manera de salir de los compartimentos cada vez más estrechos en los que se siente encasillado. Le diría asimismo que, para colmo, lleva tres días sin dormir, y que con los ojos clavados en la oscuridad sabe que su inquietud nada tiene que ver con la ficción, que la realidad es más palpable que nunca, y que aunque es cierto que ha surgido un problema, lo ha hecho acompañado de una solución. Debería sentirse aliviado, no tener insomnio. Que Marta no dejó espacio entre la frase uno y la frase dos. «Estoy embarazada. No quiero seguir adelante.» Que fue concisa, rápida y breve como un telegrama. Así que, ¿para qué preocuparse? Es un mensaje sin confusión posible. Todo parece indicar que el miércoles aparecerá «Fin» en la pantalla de la película más intimista de sus vidas, y las preocupaciones se fundirán a negro.

Guarda los cambios a regañadientes en el silencio del piso, interrumpido ahora por el camión de la basura. Lo observa, desencantado, desde la ventana, en la luz azulada de la madrugada. Un trabajador baja de la cabina del camión y, mientras la ciudad duerme, grita algo al conductor. El frío invernal acompaña los movimientos rápidos del basurero, que mueve los contenedores con brusquedad. Dani le imagina una vida. Cubre a las personas con capas y las adapta a la ficción. Se distrae elucubrando que los trabajadores de la limpieza deben de cobrar un buen sueldo. No para tirar cohetes, pero un sueldo digno, al fin y al cabo, y además tienen la sartén por el mango, piensa. Si reclaman un aumento salarial, pueden amenazar con una convocatoria de huelga que enviaría a la ciudad a la mierda. Él carece de ese poder, tiene muy presente que en este país la creación no apesta. Cuando el Sindicato de Guionistas de Estados Unidos paralizó Hollywood y la producción televisiva durante más de cien días, él lo observaba desalentado, sintiéndose más invisible y precario que nunca. Así que está seguro de que todo sería más fácil si fuera el héroe anónimo vestido con colores fluorescentes al que ve colgado del camión. Llegar a casa al despuntar el día y ducharse con el trabajo hecho y el alma limpia. El ruido del motor lo devuelve a la realidad, el compresor, la descarga de los contenedores y el aviso acústico. Vuelve a mirar el guion. Es muy consciente: ha escrito «Düsseldorf», no «Berlín». Lara ha encontrado trabajo en Düsseldorf, pero es mucho más habitual encontrar trabajo en Berlín, y obviamente ubica al espectador al instante, así que sitúa el cursor sobre «Düsseldorf» para seleccionarlo y eliminarlo. Sabe que Clara no le aceptará Düsseldorf. Berlín está de moda. La ciudad sale en toda crónica generacional, se ha convertido en el destino de todos los náufragos de la crisis, en el epicentro de la esperanza para muchos de su generación.

No sabe cuánto rato ha pasado desde que ha eliminado «Düsseldorf» del guion. Resignado, escribe «Berlín». Así pues, Lara, el personaje del que se enamoró desde el principio, que debía encarnar la visión desenfadada del erotismo y del sexo de una mujer urbanita de treinta y pocos del siglo XXI, que él pensaba que sería el catalizador para reconciliarse con el género de la comedia, al final irá a Berlín, pero le basta verlo escrito en la pantalla para constatar que el nombre lo perturba, que se activa una especie de mal augurio que lo aletarga. Lo mira un buen rato mientras el cursor parpadea junto a la última letra a la espera de su decisión final.

Las pocas horas de luz en invierno y el color gris. Mal humor. Nieve sucia en los márgenes de las calles. Los amigos, lejos; lejos también su madre. Ya no tienen veinte años y aún tan esclavos del anzuelo de la libertad.

«Pero qué dices, gris... ¡Te encantaría, Dani! Es una galería de arte al aire libre.»

Ayer Marta lo dejó caer una vez más. Hacía meses que no hablaba de eso. A él le ofende bastante que Marta siga insistiendo en esta posibilidad cuando ya llevan tiempo viviendo juntos; hace unas semanas incluso lo sorprendió con una noticia que todavía lo disgusta: había enviado una solicitud para ocupar una vacante en Meyer Riegger, una galería de arte de Berlín en la que parece que necesitan a alguien para hacer el montaje y la documentación de las exposiciones. Aunque le dijo que había pocas posibilidades, él lo entendió como una confirmación de que Marta no siente el piso que comparten como un proyecto de futuro, que lo concibe más bien como un mundo frágil del que quizá tendrá que deshacerse en cualquier momento. Comprende que lo que los diferencia se nota no solo en las canciones que han marcado la vida del uno y de la otra, sino también en las expectativas que ponen en todo lo que aún está por llegar. Si él echa la vista atrás, enseguida le viene a la cabeza un tiempo en el que también le dominaba el deseo de alimentar la inquietud, fuera cual fuese. Sabe que ella tiene todo el derecho, que no puede robarle ni las ganas ni Berlín. Tiene argumentos sólidos: el piso de su abuela, infinitas posibilidades y oportunidades como artista, cambio de vida, futuro. Aun así, hace unos días se habría visto capaz de hacer una lista de motivos lo bastante convincentes para no dar ese paso, pero desde la noticia del embarazo Dani ha enmudecido, y además, a medida que pasan las horas, la diferencia de caracteres que los equilibraba empieza a alterar la armonía que hay entre los dos, a convertirse en una molestia que se interpone en sus vidas con tiranía. Ella ve colores, posibilidades, grafitis, mercados de Navidad, amigos de amigos que les echarían una mano, una galería en la que exponer, el barrio de Kreuzberg y el vino caliente. Él, sin embargo, se aferra al recuerdo de *El cielo sobre Berlín*. El punto de vista monocromático de los dos ángeles de Wim Wenders deambulando perdidos por la ciudad. Se siente más cerca de esos espectadores celestiales que de las ganas reales de Marta de instalarse en Berlín.

«Berlín.» Seleccionar todo. Eliminar. Vuelve a escribir «Düsseldorf» con aquella sombra de agonía inconclusa en el estómago. Guardar.

Lunes

Semana 9

6

Eligió Jordania porque ninguno de los dos había viajado antes a ese país. Le pareció el regalo perfecto para los treinta años de Marta. El viaje cumplió con sus expectativas. Volvieron renovados y de buen humor. Supieron alargar las puestas de sol, la emoción, la luz de Petra y las noches en el desierto una vez instalados de nuevo en su día a día de asfalto, ladrillos, turistas, tráfico y andamios. Para él, viajar es un concepto grandilocuente, forma parte de la dimensión de los regalos, de los premios y de los extras. Para Marta, viajar forma parte de la cotidianidad. Su trabajo implica desplazarse a menudo. Los viajes le generan ingresos y clientes, pero también amistades, placer y desconexión. Viaja igual que ya viajaban antes sus padres, y lo hace mecánicamente, como lo hacen algunos de sus amigos, como acaba haciéndolo incluso Dani, aunque lo considere perverso. Son hijos de la democratización de los viajes. Él no pretende conquistar destinos, no disfruta tanto del traslado físico como del hallazgo de perlas en las lindes, de los momentos irrepetibles y de todo lo inesperado, de la gente. Mira a menudo los pocos sellos que tiene el último pasaporte; en cada página deja vagar una satisfacción adulta que nace de la limitación a soñar despierto de cuando era niño. Cede secretamente a la nostalgia anticipada del momento en que tendrá que renovarlo y los sellos de los países en los que ha estado desaparezcan junto con el registro de la emoción de un momento concreto. De niño tenía una pequeña maleta, un trasto con los bordes de cuero gastados, en la que guardaba cosas que atesoraba: el paracaidista de juguete, un águila del espacio ya inservible porque se le habían enredado los hilos de una manera imposible, cromos de *Bola de dragón*, un ejemplar de *Tintín y las siete bolas de cristal*, y figuritas de plástico de los Pitufos. En ella guardaba también un atlas del mundo que había sido de su padre, que trabajaba en una imprenta. Una vez les regaló a su hermana y a él sendas cajitas de madera con los moldes de plomo de las letras de sus nombres, de cuando las impresiones se preparaban manualmente y cada palabra se tenía que crear letra por letra. Aún las conservan. El atlas ya es fruto de una máquina de offset. Su padre era impresor, llevaba una bata azul, bregaba con la maquinaria, y a veces las manos le olían a tinta y a disolvente. Es de los pocos recuerdos que conserva de él. No se reconoce en el recuerdo de su padre, pero abrir el atlas siempre ha significado creerse que fue hijo suyo, que fue hijo de un padre. Ha aprendido a creer en los recuerdos que emparejan los relatos reales con los imaginarios.

De niño, observar el mundo en el atlas era adquirir una personalidad múltiple: por un lado, se ilusionaba con la misma fascinación que siente aún cuando revisa las páginas con sellos del pasaporte, y por el otro, sentía la privación, una especie de envidia que lo hacía deambular entre pensamientos de inferioridad que iban haciéndose más evidentes a medida que se convertía en un adolescente rodeado de muchos otros que hablaban de viajes que él todavía no había hecho. Abrir el atlas de su padre era poseer el mundo tumbado boca abajo en la cama, resiguiendo con el dedo las fronteras, la revelación de que un día los veranos serían para volar un poco más allá del pueblo de sus abuelos. Los pocos ahorros que ha tenido a lo largo de su vida adulta los ha empleado siempre en estudiar, pagar el alquiler y viajar. Y cuando planifica los viajes, sigue invadiéndolo la misma ilusión de siempre. Aunque ahora siente que viajar ha perdido todo rastro de exclusividad; siente al mismo tiempo que se le ha hecho tarde para poder disfrutar de ello en otras condiciones. Le gusta más el recuerdo del mundo cuando aún no lo había pisado y los lugares parecían más lejanos, más inhóspitos y menos concurridos.

Mira fijamente el calendario que hay encima del escritorio, pasa un par de hojas hacia atrás y luego mira el reloj.

«Estoy de unas nueve semanas», dejó caer Marta ayer mientras se encendía un cigarrillo. Era la primera información que contenía pistas valiosas sobre lo que conformaba el «problema». Se quedó mirando a la mujer joven, sana e inteligente que abría una puerta del balcón para ventilar la estancia. Jugaba con la rueda del mechero con la mirada perdida, y él no fue capaz de redondear la información. Es un silencio nuevo, cauteloso, que ha llegado para quedarse, pero mientras pasan las horas él empieza a necesitar detalles que lo ayuden a entender. Concreción. Se atreve a retroceder en el tiempo arrastrado por la necesidad de ordenar los hechos y poder aproximarse a ellos de la manera más objetiva posible. Se atreve a calcular cuándo y dónde debió de pasar, como si seguir el rastro fuera crucial para ese no-querer-saber-nada que con el transcurso de las horas empieza a intuir que no se sostiene por ningún sitio. Decide adoptar un pensamiento racional, comenzar a hacer conjeturas a partir de hechos concretos, y, por lo tanto, el embarazo eclipsa todo lo que vivieron en Jordania y reduce los recuerdos del viaje a una sola cosa: el sexo. Se esfuerza por recordar cada uno de los revolcones, cada embestida durante los diez días que estuvieron allí, hace poco más de dos meses.

En el avión, camino de Amán, medio a oscuras y sobrevolando algún punto del Mediterráneo, ya se recuerda acaramelado. No era solo la relajación de emprender un viaje en temporada baja, ni la sorpresa del regalo, que había salido bien, y tampoco el hecho de haber conseguido reunir el dinero necesario a fuerza de extras, sino sobre todo la presencia de Marta, que estaba radiante con aquel aire de aventura y unos pantalones de algodón que le dibujaban la redondez de las nalgas, que él recorría con las manos mientras ella se inclinaba encima de él para acercarse a la ventanilla, y en voz baja le decía que probablemente estaban sobrevolando Grecia y que seguro que allá abajo algún niño griego miraba el cielo y les decía adiós con la mano.

La primera noche ella había querido hacer el amor. Era tarde cuando llegaron al hotel. Marta no podía dormir y estaba divertida, juguetona. Aunque Dani se sentía cansado por el viaje, cedió dócilmente a sus dedos, a sus labios, a aquella intensidad conocida que sabía hacer crecer. La fricción de los cuerpos, la cadencia que adoptan. Aún irradian belleza cuando se unen. Recuerda observarla después, mientras ella estaba en la ducha y él se cepillaba los dientes. La encuentra sexi, y a la vez le encanta que, por más que ella lo intente, por más que se esfuerce por mantener un aire trascendente, nunca consiga desprenderse de cierta dulzura; estaba contenta como una niña por las dimensiones de la ducha, que triplicaban las de su diminuto baño del Poble Sec. Salió chorreando y él le acercó una toalla. Los hoteles son la perdición de los que pretenden ser coherentes con su austeridad. Marta, gran defensora de vivir con las cosas justas, se dejaba llevar por el impulso de la novedad y arramblaba con todos los jaboncitos y las botellitas de cremas hidratantes y champús dispuestos en el lavabo. «Mira, huele este.» Cerró los ojos, entusiasmada. Cuando ahora la recuerda totalmente desnuda y revive la cálida escena en el baño, más que excitarse, se emociona; el vaho en el espejo, la piel brillante y limpia de su cara, el cuerpo relajado, la sensación de quietud a su lado; se da cuenta de lo mucho que la necesita, de lo mucho que la quiere y de cuánto crece el impulso de cuidarla, aunque sea una mujer del todo independiente, cautivadoramente sexual y libre. Dos años después de conocerla, Dani ya ha aceptado que por primera vez podría decir que es la mujer de su vida, al menos de esta vida de ahora. No recuerda habérselo dicho nunca, pero tampoco nunca había estado con una mujer así, y tampoco antes había vivido en pareja tanto tiempo. No sabe cómo decir estas cosas, y ella siempre tira por tierra el mito del amor romántico: la monogamia, la vida como un proyecto de vida en común, que todo pueda salvarse por medio de la pareja. Quererla así, de una forma tan despreocupada, le parece un plan viable, al menos hasta ahora. Él se creía perfectamente capaz de arreglárselas solo, de poder vivir al margen de la idea romántica del amor y la familia; un idealista, un poco cínico, alguien pegado aún a las faldas de una madre exageradamente victimista. Fiel a sus amigos, pero con la necesidad de estar solo agazapada detrás de la puerta, esperando para salir y actuar como reina de la casa. El trato con los demás a veces le es del todo prescindible, y parece que Marta también necesita con mucha frecuencia su espacio, así que, de alguna manera, la convivencia interrumpida a menudo por viajes profesionales los convierte, sin la menor pretensión, en una pareja perfecta. Antes de conocer a Marta, el trabajo le permitía ir tirando sin grandes lujos, y si de vez en cuando lo absorbía la soledad y la rutina, se las apañaba para cometer algún exceso social y conocer a alguna chica, disfrutar de la intimidad de los cuerpos desconocidos sin más; no solían volver a llamarse. Hay ficciones —libros, series— que le han durado mucho más que la mayoría de las relaciones que ha tenido. Los últimos años, Tinder, como una pequeña industria suministradora de amantes fugaces, ha potenciado aún más lo pasajero, ofreciéndole un servicio de relaciones a demanda del que ha disfrutado a manos llenas. Al principio, aquel mundo de las citas, con su cariz despectivo de descartar a mujeres con tanta facilidad, le parecía complejo. Le incomodaban las dinámicas renovadas de atracción y seducción entre un hombre y una mujer, la objetividad nada disimulada, pero acabó amoldándose con facilidad. No tardó en entender que intercambiar información previamente para saber de entrada que al otro lado no había expectativas románticas era un gran paso para no tener que afrontar las consecuencias de algunas situaciones imprevistas. Además, el gran cambio era el tiempo de margen: tiempo para esconderse, para pensar la respuesta, para dudar; el morbo gratuito de crearse diferentes identidades. No era necesario flirtear siendo él mismo. La pantalla y el juego virtual le proporcionaban una intimidad que lo hacía crecer gracias a su inventiva, y él era el mejor en esto: en el trabajo se pasaba el día creando personajes y haciéndolos verosímiles. Después, ya en el cara a cara, las tácticas de guionista no servían para nada, y el sexo que practicaba con las mujeres que aparecían a su lado deslizando el dedo hacia la derecha resultaba ser superficial y categóricamente insatisfactorio, pero aun así agradecerá eternamente a la aplicación la ligereza de los adioses indoloros. Y entonces, un día apareció Marta. La persona inesperada. No había salido de ninguna aplicación, tampoco de su imaginación. Hay personas que solo pueden existir en la realidad. Si él hubiera creado un personaje así, habría resultado incluso inverosímil.

Nunca se han sentado a hablar en serio de un futuro juntos; tampoco les interesa demasiado hacerlo, empujan los días de una manera amena. Siguen buscando la diversión. Con el alquiler del piso han sellado una especie de pacto no escrito que establece las ganas de compartir. El afecto y el calor del sexo, sí, la amistad también, pero sobre todo este cuidarse nuevo, una especie de recogimiento. Una intimidad física que va más allá de las palabras. La sensación de que dos años después la vida ha dejado de ser aquel juego que iniciaron juntos. Y de repente, a la argamasa de todo aquello se añade un elemento imprevisto, un descuido, un giro en la trama principal que demuestra la fragilidad de los períodos de entreguerras. El frágil equilibrio que empuja a dejar una etapa de la vida para entrar en la siguiente.

En el baño de Amán, rodeados de la falsa seguridad de los confines de una habitación de hotel, aún eran ellos dos, equipados solo con la ilusión y la libertad. Dani se pregunta ahora si podría haber sido durante aquella primera noche en Jordania, o si la ducha posterior se había llevado todo rastro genético. Se le proyecta una multitud de escenas de sexo con Marta relativamente recientes. Concreta los lugares, intenta recordar si falló algo, si hicieron algún comentario, sospecha que engendrar necesariamente debe estar vinculado a un ritual notorio y que, aunque tenga lugar de forma inesperada, debe quedar registrado por algún detalle destacado. Pero más allá de los buenos ratos pasados, no tiene ninguna pista de dónde ni cuándo sucedió. En todos los guiones malos y previsibles, los preservativos son defectuosos o los anticonceptivos fallan, pero él sabe muy bien que Marta hace listas, ordena los libros alfabéticamente por el apellido de los autores, se aprende de memoria los números de teléfono y las matrículas de los coches, lleva un Excel con los gastos mensuales y lleva también un control riguroso de sus reglas.

En las respectivas parcelas de silencio, Dani se debilitará, se quedará paralizado al verse implicado en un error tan común. De ella, en cambio, surgirá una determinación que nada tendrá que ver con las dudas que lo consumen a él: en la vida real, como en la ficción, los dioses nunca determinan los planes; es él quien se dedica a planificar vidas escritas, ¿cómo no previó que esto podía pasar? Ahora cree sinceramente que las historias lo buscan, que no es él quien las elige, y, con la pantalla aún en blanco, con solo el título «Capítulo noventa y seis», entiende que el guion de la vida se le escribe ahora, con un contratiempo. Lo que lo llena de un sentimiento embriagador es que no puede evitar encontrar en todo esto cierta belleza. Al fin y al cabo, esta historia la escriben juntos, y cuando ahora oye que Marta mete la llave en la cerradura, abre la puerta y resopla un «Hola» cansado, percibe el piso como el escenario de un teatro en el que cada uno interpreta un gag de sí mismo: ella le informa gritando y a toda prisa que se ha olvidado un objetivo. «¿Te lo puedes creer? La modelo ya vestida y no encuentro el puto objetivo», le dice mientras la oye abrir y cerrar cajones en el dormitorio. «¿Tienes monedas? Cogeré un taxi; si no, me matan», y él, confundido, se palpa los bolsillos y saca unos céntimos. El subconsciente lo traiciona. Se ha olvidado un objetivo; «Mírala, qué guapa corriendo de un lado a otro, con las gafas de sol en la cabeza, el pelo recogido, la ropa cómoda para encarar una sesión de estudio con nuestro hijo dentro». Y entonces el mundo queda reducido a aquella expresión, y él entiende que acaba de aceptar el único juego al que puede jugar ahora mismo: el del lenguaje. Lo ha designado, le ha dado un nombre. «Nuestro hijo.» La lógica secreta de toda existencia. Basta con nombrarla.

Ella se acerca a él a toda prisa y le da un beso en la cabeza.

—Hasta la noche. ¡Escribe mucho!

Dani se gira y, sin levantarse de la silla, la coge de la cintura y le coloca la mano en el vientre. Toda su mano fuerte y férrea convertida en una caricia.

—Pero ¿qué haces?

Ella se aparta y le da una bofetada.

Portazo.

Sobre el escenario solo queda él, gestando no sabe qué, si una escena o una nueva vida.

7

La bofetada de Marta le ha parecido exageradamente melodramática. Un insulto sin palabras que contiene un mensaje de desprecio y de advertencia. La ferocidad implícita de su reacción lo ha dejado descolocado. A solas con el perro, adopta su peor expresión de contrariedad. Aflora en su cabeza la bofetada que Glenn Ford da a Rita Hayworth en *Gilda*; a ella se le descompone la cabellera con elegancia. Sin embargo, a él le han saltado las gafas, se le han quedado colgando en diagonal, de una manera grotesca. Su humor oscila entre la ridiculez y la contrariedad, y tampoco es capaz de rastrear lo que lo ha llevado a acariciarle el vientre. Caricia y bofetada como respuestas arbitrarias a la extrañeza, a la ingenuidad. Nada que ver con el lío argumental de aquella emblemática película. Le parece que lo más razonable es pedirle perdón, pero luego piensa que en todo caso es ella la que debería pedírselo a él. Se lava la cara con agua fría, enérgicamente, mientras se obliga a blindarse a todo afecto. Vuelve al escritorio atormentado y enfadado, decidido a volatilizar ese universo nuevo en el que habita desde hace tres días. Con la debilidad al descubierto y entre murmullos, da vueltas por el comedor, que hace las veces de despacho, asegurando que se ha acabado, que deja de pensar en ello ahora mismo. Que se olvida. Se sienta al escritorio, convencido, coge aire y vuelve a mirar la pantalla. «Capítulo noventa y seis.» Pero el embarazo le monopoliza el pensamiento de nuevo. Da un puñetazo en la mesa, que alerta a Rufus. Se quita las gafas y se frota los ojos. Cuando el teléfono suena y aparece el nombre de Clara, suelta un bufido. Es la misma sensación de desgana de cuando salta el despertador. Mira el teléfono y lo deja sonar unas cuantas veces mientras coge un cigarrillo, sale al balcón y cierra la puerta tras él. Rufus levanta su vieja cabeza del suelo para controlar a su dueño a través del cristal. Desde el balcón se ve buena parte de la calle Blai, la arteria principal del barrio, de donde a menudo roba historias y personajes que pueblan la pequeña rambla llena de bares. Donde antes había una zapatería, una tienda especializada en bacalao, un quiosco o una juguetería, ahora hay bares, franquicias y locales de pequeños empresarios. Es invierno y aún no abundan los turistas. Unas estudiantes de bachillerato con las carpetas contra el pecho caminan despistadas y se ríen entre confesiones, con la cara iluminada y la ortodoncia, la falda plisada y los calcetines por debajo de las rodillas, un uniforme eternamente inadaptado a la carnalidad de unos cuerpos que estallan de juventud. Un poco más allá llega a ver al dueño del kebab, apoyado contra la pared desconchada y hablando por el móvil, y a una chica magrebí que barre la entrada de un establecimiento que anuncia cuscús y *tajine* de pollo y cordero. En la primera temporada de la serie, el episodio en el que Lara se escondía en un locutorio para no toparse de cara con el desconocido con el que se había acostado la noche anterior y se hacía pasar por una turista despistada fue todo un éxito. Lo escribió entero en el balcón, un agosto bochornoso típicamente barcelonés, observando la puerta de un pequeño negocio, un locutorio al que después cambió el nombre. Mushtaq. Durante meses, sus compañeros de la serie le llamaron así, Mushtaq. Eso le gustaba, ser el centro de atención por aquel éxito, haber conseguido aumentar la dopamina de los espectadores él solo, haber escrito el episodio de un tirón, replicando con humor irreverente las contradicciones y las paradojas de la vida de una mujer independiente, con las cosas muy claras en lo referente al sexo, expuestas con frivolidad y sin lecciones moralizantes. Le parece que la realidad es demasiado rígida y que el humor es una tregua que promete libertad.

—¿Hola?

—¿Dani?

Es la primera vez que habla a solas con Clara. De entrada, ella lo trata con una amabilidad que alerta, como cuando un teleoperador le pregunta su nombre para dirigirse a él personalmente y luego le ofrece un sistema de ósmosis para el agua.

—Eh, Clara... ¿Qué tal? Verás, no tengo el capítulo acabado, pero es que no son ni las once.

Que no es del capítulo noventa y seis de lo que quiere hablar, sino del anterior, le dice, ahora ya con el tono distante que recuerda en ella. Que cambie lo de Düsseldorf. Que tiene que ser Berlín, ¿de acuerdo?

Abajo, en la calle, la gente camina con prisas. Una furgoneta de reparto en la acera provoca una discusión acalorada. Unas mujeres con carro de la compra y el monedero en la mano se paran a mirar. Un perro enclenque no para de proferir agudos ladridos. El ruido se amortigua a su alrededor. Suelta el humo antes de responder. Cuando se trata de ganarse la complicidad del espectador, no hay nada mejor que reírse del muerto y de quien lo vela, pero a él no le hace ninguna gracia que el argumento de la serie coincida con el de su vida personal.

—Berlín está muy trillado, ¿no te parece? —le dice.

Y a continuación cierra los ojos, consciente de lo vacío de su argumento. El dueño de la furgoneta arranca soltando una retahíla de insultos a todos los espectadores.

—¿Cómo dices?

Sabe que es imposible hacerle entender a Clara que lo incomoda mucho incorporar Berlín a la serie sin que ella lo considere un demente maniático que quiere meter palos en las ruedas. Sabe que no merece la pena mostrarle tan abiertamente sus manías, pero se considera un tipo con principios y decide optar por la sinceridad. Que él necesita sentirse a gusto con lo que escribe, le explica, y que hay cosas de su vida privada que ahora mismo le inquietan, como las ganas de Marta de dejar Barcelona para ir a vivir a Berlín; que quién demonios es Marta, le pregunta Clara, y a continuación empieza una de esas conversaciones entrecortadas, impropias entre dos profesionales, con frases inacabadas hasta que Clara lo corta de golpe.

—Mira, Dani, no puedo perder el tiempo. Si no lo cambias tú, lo cambio yo, no hay problema. Berlín. ¿Sí? Y si aún estás dispuesto a formar parte de este proyecto, a partir de ahora será mejor que te limites a escribir lo que te pido y dejes aparte tus problemas de pareja. Aquí venimos llorados de casa. ¿Queda claro?

Dani se muerde la lengua y la odia a muerte, pero sucumbe a regañadientes. Se despide como puede e inmediatamente después se apresura a buscar el documento del capítulo anterior. Escribe «Berlín» sintiéndose un perdedor, y mientras las teclea, cada una de las letras se ríe de él en su cara. Adjunta el documento al mensaje y se lo manda murmurando un «A la mierda» incontenible. El sentimiento de humillación aumenta.

Es un combustible potente. Acumular años y asumir que prácticamente siempre acaba haciendo lo que los demás quieren. Es un lugar peligroso en el que caer y refugiarse. Por suerte, uno nunca se acostumbra a vivir rodeado de derrota.

8

El perdón se perfila como un desafío. No tiene noticias de Marta. Quien lo ha llamado un par de veces es su madre. La ha ignorado hasta que a las ocho y media, con intensa irritación y cierta culpa, le ha telefoneado mientras paseaba a Rufus, cuando el barrio bajaba persianas de comercios y alzaba las de los bares para exhibir su esplendor de ofertas de pinchos, raciones y tapas. Con el cielo nocturno no se ven, solo se pueden intuir, pero desde media tarde, en el cielo, las nubes se mantienen agrupadas para acotar la algazara.

Ha postergado la llamada a su madre porque teme su intimidad hecha de lamentos. «¿Cómo estás?», le pregunta. Ella despliega sus quejas habituales: el dolor de espalda, el dolor de piernas, el médico, los nervios. La imagina al otro lado del teléfono, sentada en el sofá, el televisor sin volumen con algún programa basura sintonizado, acariciando a la pequinesa de ojos estrábicos, a la que perfuma con algo que desprende aroma a talco. Es muy posible que esté limándose las uñas. Tiene una obsesión perversa con las manos. De muy joven, antes de conocer al que sería el padre de sus hijos, dejó los estudios y empezó a trabajar en un puesto de aves y legumbres del mercado del barrio. Tras la muerte de su marido irrumpieron los nervios como un epicentro de autodestrucción, y con los nervios empezaron las visitas a los médicos, los ansiolíticos como los mejores aliados, las bajas médicas, que fueron repitiéndose hasta que el puesto del mercado no pudo asumir tantas ausencias y la despidió. Siempre cansada y agobiada. Así la recuerda. Al poco tiempo consiguió trabajo como ayudante en una peluquería del barrio, donde trabajó hasta hace tres años, cuando se jubiló. El contacto diario con el agua y las mezclas de los productos químicos del tinte y las decoloraciones acabaron provocándole dermatitis y reacciones varias en las manos. A ella le gustaba añadir que tiene «una predisposición reforzada por el estrés», lo había leído en algún sitio, o quizá en algún momento se lo diagnosticó un dermatólogo; lo pronunciaba todo seguido, como una sola palabra, siempre a punto para sacarlo en la conversación, como si sufrir estrés fuera un valor que la igualaba con los demás, una posesión material que la hacía ser alguien en esta sociedad de moral calvinista. De alguna manera, el estrés equivale a su estatus social. Él siempre ha anhelado una madre luchadora, feroz y capaz de matar por sus dos cachorros. Dani siempre ha querido creer que su madre estaba destinada a cosas más grandes, como madre y como mujer. Que si no hubiera muerto su padre, se habría convertido en la quintaesencia de la nueva mujer trabajadora de los noventa, liderando la casa y un negocio propio, con todas aquellas ideas de diseñar moda infantil que cosería su abuela. Poco tiempo después de nacer Dani, ella hablaba de estudiar patronaje y moda. Pero el empuje, la alegría y toda la dulzura que tenía y que sabía propagar con aquellas canciones que se inventaba, con las historias de criaturas a la hora de acostarse, todo aquello que les contaba de los tesoros, de los bosques, de las hadas, de los monstruos buenos y solitarios, se interrumpió con la enfermedad de su marido. Como si todo hubiera quedado enquistado dentro de una roca junto con su coquetería, sus largas pestañas, la delicadeza de sus pómulos y sus pequeñas facciones. Aquella mujer joven recluida toda ella en una roca teñida de negro, de un negro fúnebre. El negro podría haber sido sofisticado y mágico, pero ella todavía va toda manchada de recelo. Entró a formar parte de la parroquia del barrio de una manera exagerada, y sus días se llenaron de catequesis, vigilias y cirios pascuales. Decidió dejar la vida feliz para otro mundo, así tenía la seguridad de que estar bien no dependía de ella. El más allá fue su manera de resolver el problema. Tener fe en algo. La sociedad se abría al optimismo, al consumismo, Bobby McFerrin cantaba «Don't Worry, Be Happy», los placeres parecían asequibles, todo el mundo quería ganar dinero, las playas nudistas se llenaban, se normalizaba el divorcio y se abandonaban las iglesias, pero ella caminaba en dirección contraria, siempre tan resignada. La parafernalia de la liturgia la había dejado tan rígida como un tapete de ganchillo almidonado.

Dani dobla la esquina mientras ella sigue hablando de unas pastillas que al parecer le van mejor, pero él ya se ha metido en el caparazón que tantos años le ha costado construirse. Desde dentro emite monosílabos, «sí», «bien», «ya», «hum», «no», «ah». La idea de hacerse mayor y parecerse a su madre lo aterroriza, pero se siente un miserable cuando lo piensa. La quiere de una manera orgánica. Entre ellos aún perdura un rastro antiguo de prolactina que los conecta desde la lactancia. Parece que vierte un poco en cada fiambrera con comida que le da de vez en cuando, algún domingo que se ven, aunque ya casi no sepan qué decirse. Han aprendido a mantener unos mínimos de manera fragmentada, llamadas telefónicas y visitas esporádicas. Dani la quiere. La quiere por una foto que guarda de cuando nació, en la que ella le da un beso en la frágil fontanela con los ojos cerrados; la quiere por el recuerdo borroso de aquellos primeros cinco años espléndidos, cuando ella olvidaba sus necesidades para volcarse en su prole; la quiere porque su abuela siempre le repetía: «No hagas enfadar a tu madre, que te quiere muchísimo, la pobre». Pero esa coletilla, como una coda para reforzar su carácter de víctima, siempre le ha hecho pensar que en el fondo la quiere porque lo que toca es querer a una madre mártir.

«Los nervios, estos nervios», repite ella como un mantra al otro lado del teléfono. Los considera un ente, algo orgánico más, como los glúcidos o los lípidos, y tienen infinidad de connotaciones, desde las médicas y psicológicas hasta las de carácter cotidiano. Un fantasma perverso, un amigo invisible que ha ido creando para no tener que superar la vida. Ella no deja de hablar. Una prima de Oviedo quiere separarse.

—Parece mentira, con los dos niños pequeños. Sonia. ¿Sabes de quién te hablo?

—La mediana de Tere, ¿no? —le pregunta él para congraciarse.

—¡Exacto! La mediana.

Recuerda a sus primos de Oviedo. Van unidos a la imagen de bicicletas y campos verdes y a los veranos infinitos. Forman parte de un mundo bajo la protección de los adultos, sin amenazas. Había luciérnagas, y los cielos a menudo se llenaban de lágrimas de San Lorenzo, la Osa Mayor y la Osa Menor. Levantar la cabeza y observar las constelaciones era mirar el futuro con ganas. Y entonces, mientras desata a Rufus para que pueda campar a sus anchas por la placita, se le contrae el corazón y luego se le llena de un aire caliente, de la añoranza de todo lo consistente que ya no sabe dónde está, y sobre todo de la añoranza de su madre, de aquella mujer que tanto le gustaba y que no ha vuelto a encontrar nunca más. Ella sigue hablando de trivialidades como el tiempo y el viejo radiador del lavabo, que comprará uno nuevo porque dicen que esta semana hará mucho frío, y luego le pregunta si no tiene que cortarse el pelo. Que lo espera. Él contesta que aún no le toca. No le dice que ha ido al barbero hace poco. La mano de Marta clavada en la mejilla esta mañana, todavía la sorpresa del gesto. Él piensa que estaría bien poder hablar de este tema con una madre. Contarle qué ha pasado, la noticia inesperada del embarazo, su reacción incomprensible, que Marta se ha enfadado y le ha pegado, tan simple como cuando Anna y él se peleaban de pequeños, y su madre les decía: «Si alguien te da una bofetada en la mejilla derecha…». Y ellos contestaban al unísono: «… ofrécele también la otra. Mateo cinco treinta y nueve, mamá», decían, resignados y con un soniquete que a ella le hacía reírse mucho. Ya casi no la recuerda de joven, y menos aún con una sonrisa exaltada en la cara. Lo más seguro es que ahora no se reiría tanto si conociera los detalles de la bofetada. Probablemente asentiría con la cabeza, acostumbrada como está a esperar siempre la desilusión. Cuando habla con su madre, su hermana siempre está ahí, como un sedimento. A veces se pregunta qué queda del mundo que compartía con Anna. Contenía un código secreto que les pertenecía, contenía la rareza con la que percibían la transformación de su madre, que no sabían poner en palabras. Él la veía mayor. Podía preguntarle cómo era el tacto de la piel de los extraterrestres y cómo se enseñaba a hablar a las ballenas, y Anna sabía las respuestas. Era una niña de aspecto serio, serena, a quien le gustaba dibujar mapas imaginarios y trazar líneas con las que inventaba edificios, y Dani la admiraba en silencio. Anna era un lugar seguro, una madre en miniatura, pero en realidad la manita que lo cogía tantas veces para consolarlo, para cruzar las calles, la misma que le secaba las lágrimas, era la de una niña que solo tenía tres años más que él. Con el paso del tiempo, el vello en el cuerpo y la voz de hombre, le parecía que la responsabilidad de protegerla recaía sobre él, pero Anna tenía una manera peculiar de saber estar, siempre a cierta distancia; se movía como si hubiera aprendido a cuidarse sola; estaba ahí cuando se la necesitaba, pero pasaba por la vida inadvertida, como si no quisiera molestar ni que la molestaran. Reservada y perspicaz, cuando se fue a vivir a Göteborg, a Dani le dio la sensación de que huía con la misma discreción con la que amaba. La querría más cerca, la querría aquí y ahora. Recuperar aquel mundo compartido que nunca han dejado que se disuelva del todo.

Vuelve a la conversación con su madre, que no se ha callado ni un momento, y caza al vuelo la pregunta de cómo está Marta, que si está aquí esta semana o de viaje por trabajo.

—Está de viaje, vuelve el miércoles —miente, y se sonroja.

—Dale un beso de mi parte cuando la veas.

Y él no sabe qué añadir.

9

Marta no llega. Dani corrige ejercicios de uno de los grupos de alumnos del curso de escritura, y de vez en cuando levanta la vista hacia la puerta y se la queda mirando, como si fuera a abrirse de un momento a otro. Tiene una alumna, Selena, que sobresale notablemente. Dani cree que es un nombre falso que utiliza para inflar el halo misterioso de la *femme fatale* que interpreta coqueteando cuando entra y sale del aula. A menudo Selena recoge sus cosas muy despacio, haciendo tiempo para que la clase se vacíe. Ahora se le cae el bolígrafo y tiene que recogerlo del suelo con una coreografía ensayada; ahora se abrocha la cremallera de una bota de piel que le llega hasta la mitad del muslo, consciente de un cuerpo que no es solo el envoltorio del alma. Siempre intenta coincidir con él en la puerta; allí quedan enmarcados, sin muérdago, pero las distancias tan cortas bien podrían convertirse en tradición para magrearse y besarse fuera de las fiestas de guardar. Su conversación es penetrante y entretenida, odia a Houellebecq pero adora a Bukowski, tiene conciencia política y unas piernas descaradamente largas, y sabe bastantes cosas de la vida. Él la evita. En otro momento no lo habría hecho. No le cabe la menor duda: en cualquier otro momento de su vida se le habría lanzado a la yugular. Cree que con ella el sexo debe de ser salvaje en un sentido literal. Pero la evita. Más por él que por Marta, que, está seguro, si él se dejara llevar y acabase en la cama con la alumna, lo entendería; seguramente lo dejaría, pero le daría la importancia justa. Desde el principio de la relación, Marta saca a veces el tema de la libertad casi como una carta de presentación escrita con complacencia; opina que no se puede domesticar el capricho ni encadenar el deseo; se lo dijo por primera vez el día que se tatuaron las estrellas, que no interpretara los astros como una atadura. Que no estaba tan loca para creer en el amor, pero sí lo bastante para tatuarse la misma estrella que alguien con quien le gustaba tanto pasar el tiempo. Eran las primeras veces juntos, y por más que ella quisiera disfrazarlo de lucidez moderna y que él lo advirtiera como una negativa a los compromisos duraderos, lo cierto era que habían sido víctimas del anhelo y la ilusión. Pero por razonamientos como aquel evita a Selena y su evidente voluntad de entrega, para conservar a la mujer con la que vive y a la que gratamente va descubriendo poco a poco, esa mujer libre de la hipocresía moral, de mirada firme y nada dependiente de los prejuicios de los demás. Esa mujer que no llama, que hoy no vuelve a casa.

El texto de Selena que está corrigiendo trata de una prostituta que gana la apuesta de un trío especial en el hipódromo y después se acuesta con el jinete clasificado en primer lugar, luego con el clasificado en segundo lugar y de madrugada con el tercer jinete. El texto es bueno, de hecho, excelente, pero él había pedido a los alumnos que redactaran un episodio de su infancia que hubiera acabado perfilando algún rasgo de su personalidad adulta. La prostituta se hace llamar Rita, lleva una peluca de color azul y tiene un diente de oro. Es búlgara, escuálida y sucia. El texto habla de decrepitud y derrota, pero se entretiene con una sensualidad exuberante en las escenas de sexo, que a él le hacen revolverse en la silla y estirarse un poco el pantalón a la altura de la entrepierna porque se le pone dura por momentos. Minimiza el documento y entra en internet. Vuelve a mirar hacia la puerta, esta vez para asegurarse de que no se abre, y empieza a buscar páginas pornográficas, las de siempre, Pornhub.com y Xvideos.com. La idea lo excita y lo desanima a la vez. A medida que la pantalla se llena de nalgas primorosas, lenguas, pieles mojadas y glandes viscosos, escribe en la libreta: «Todos somos más débiles y obscenos de lo que fingimos ser». Es la primera vez que consume pornografía sin una sensación de bienestar subyacente, con absoluta indiferencia. Entraría en el epígrafe de consumidor esporádico: con Marta muy al principio de estar juntos, un par de veces que los dos habían bebido muchísimo, más por reírse que por otra cosa. Quitaban el volumen e inventaban los diálogos de las películas. Se reían a carcajadas, pero al final la sexualidad de las imágenes los conducía a la intimidad. El resto del consumo se limita a unos minutos de vez en cuando, siempre solo, una pausa pragmática para complacer el instinto animal y fisiológico, y liberarse de todo a través de la libido. La narrativa sexual y sobre todo sensual de Selena lo ha llevado hasta esas escenas inconexas en la pantalla. Más que al deseo, responden al ansia de las mentes de una época acelerada y tecnoadicta. La pantalla ha quedado dividida en una cuadrícula de imágenes en movimiento de bajísima calidad. Cuando crea diálogos subidos de tono para los personajes de la serie, según los requisitos de la dirección, lo hace pensando en la abstracción sobrevalorada a la que la sociedad ha elevado el sexo, no tienen la profundidad del erotismo ni aquel secretismo antiguo de cuando había que buscarlo todo en las revistas y en las réplicas mal impresas de cómics eróticos que compraba muerto de vergüenza. Vuelve a abrir la libreta: «Patetismo: sentir nostalgia de una época pasada cuando estás a punto de hacerte una paja». Sus ojos suben y bajan por la pantalla sin fijarse en nada en concreto, y por más que lo intenta no puede conectar con las voluptuosidades y las anatomías aceitosas que salpican el monitor. Las escenas gratuitas en las que procura adentrarse carecen de guion y, al igual que los vídeos groseros y tóxicos que comparten en un grupo de WhatsApp formado por machos de aquí y de allá, son ridículas y ni siquiera lo excitan, simplemente se adaptan al ruido, a la saturación, a la aceleración de su tiempo, y él necesita, quizá ahora más que nunca, un orden que explique y organice todo lo que pasa fuera, un escenario a la altura de sus circunstancias. Al fin y al cabo, ha crecido con *Poltergeist*, *E.T.*, *Regreso al futuro* e *Indiana Jones*; ha aprendido a ir por el mundo con una mochila llena de fantasías, que entre otras cosas le han enseñado que mirar nunca es neutro y que, como el más común de los hombres, él también podría encontrarse frente a algo extraordinario.

Selena es extraordinaria, lo podría abducir si quisiera y llevárselo a otro planeta, así que, a pesar de todo, piensa en ella. Imagina su piel y la carne de sus muslos. Cierra los ojos y lo intenta. Marta se arquea, Marta lo monta, Marta con el pelo en la cara y la boca abierta; no es Selena, es Marta. Le gusta penetrarla poco a poco, hundirse en ella. La piel de Marta, la clavícula de Marta, el sabor a mar de su sexo, las crestas ilíacas como barras paralelas en las que ejecuta todos los movimientos y balanceos. Marta es la película que quiere dirigir, la película que querría ver. Coordinación, saliva, palabras ahogadas, anhelantes, desvergonzadas, aliento caliente, los pezones vivos, arrodillarse entre sus piernas, los párpados constreñidos cuando cierra los ojos para correrse. ¿Cuántas veces han quedado sumidos en el calor de dos cuerpos encontrados, sudados, dos cuerpos que se ríen, que se entienden también con esas conversaciones físicas de fuego y distracción?, ¿en cuál de esas conversaciones se estremecieron hasta el punto de poner en funcionamiento el latido de una nueva vida? «La vida no debería empezar sin querer», piensa mientras saca una mano cansada del interior de los pantalones, donde abandona el miembro flácido, que su cerebro demasiado congestionado no ha conseguido espabilar. Hasta hace unos días formaba parte de una estadística: varón entre treinta y cuarenta años que busca en la categoría «Man Eating Pussy». Formaba parte del porcentaje que contribuye a que caiga el consumo de pornografía en Nochebuena o durante la final de la Champions League, pero hoy transgrede las estadísticas cuando cierra todas las pestañas, exhausto. La actitud de hombre desbocado, joven, sometido a la gran expectativa del mito de la carne en su dimensión más fálica cambia de repente; la herencia viril se diluye dentro de él. Vuelve a mirar la puerta, carraspea y de nuevo ante la pantalla escribe en el buscador: «Nueve semanas de embarazo».

No sabe que está a punto de cruzar una frontera, un umbral, una dimensión desconocida. No sabe que todo su universo entrará en contradicción cuando lea que en la novena semana las manos con los dedos y las muñecas empiezan ya a distinguirse y se sitúan a la altura del corazón; que las piernas se alargan, se dirigen a la línea media del cuerpo, y aparecen los pies con sus correspondientes dedos. Los párpados cubren parcialmente los ojos y los pabellones auriculares están bien formados. Se puede apreciar la boca, que incluso se abre. «Tu bebé ya mide de dieciséis a dieciocho milímetros desde la coronilla hasta el coxis y pesa unos tres gramos. Es posible que durante esta semana tu bebé se mueva por primera vez. Tu bebé ya es una existencia separada de todo lo demás.» Su bebé. No lo dice él, lo dice la luz azul de la pantalla, que a partir de ahora lo abducirá tantas otras noches en las que rastreará y supervisará en línea cada una de las semanas de embarazo. Siente un matiz que se parece mucho a la ternura, al orgullo, a la protección, pero se apresura a enmascararlo. Sabe que no puede ser posesivo, que aquellos tres gramos de vida con sus micropabellones auriculares no son suyos, que tampoco tiene la posibilidad de decidir, y aun así no puede frenar una alegría que se propaga fácilmente, surgida del riesgo de nombrar con características humanas lo que hasta ahora era pura abstracción. Entiende que, pase lo que pase, lo que acaba de sentir ya es irreversible.

Inspira profundamente, trastornado. Deja de lado internet, y el documento con el texto de Selena vuelve a ocupar toda la pantalla. Malhumorado, incluye un comentario: «No puedo aprobarte el texto. En adelante, limítate al enunciado del ejercicio».

10

Retroceder. De repente se vuelve imprescindible. Semana cero. ¿Por qué no? Volver a aquel punto de vida simplificada, bendita época. Retroceder hasta una imposibilidad física, hasta hacerlo desaparecer. Le gustaría ser más intuitivo cuando las cosas simplemente van bien. No deberían ir mal para ser capaces de saborear la normalidad. La normalidad debería incidir de forma directa en lo que debe ser la felicidad. Y la felicidad debe de ser una broma infinita, una búsqueda, un camino trazado con los gestos de la cotidianidad: instagramear la vida, dormir seis horas, comprobar si lloverá el domingo, comprar entradas, que el sol entre en el comedor, pagar el alquiler, que el alquiler sea una exageración en parte porque el sol entra en el comedor, entregar los diálogos a tiempo, hablar un rato con el vecino italiano, rechazarle el hachís que insiste en que pruebe, preparar las clases, aprovechar la oferta de merluza de palangre a doce euros con noventa el kilo, que Anna lo llame desde Suecia, que en Suecia haya unos laboratorios interesados en la investigación biomédica de su hermana, ir al barbero y que le cuente todo lo que no le interesa del Primavera Sound, renovar el carnet de conducir y seguir sin coche, no tener ni idea de qué votar en las municipales, pero votar desencantado y enfadado, llevar a Rufus al veterinario, mentir a menudo para preservar la comodidad de los demás, tomar una cerveza con Marc los miércoles, magrearle los pechos a Marta desde atrás cada vez que ella tiene las manos ocupadas, su codazo, las risas, las albóndigas de su madre, el lenguaje formado por onomatopeyas, el hedor de las cañerías cuando hace días que no llueve, el cobijo de una sala de cine y oír respirar a Marta cuando duerme. La normalidad. Como si de esa perseverancia absurda dependiera algo importante. El equilibrio garantizado. La comodidad. La adolescencia eterna, pero con unos ideales que ya cuesta defender y que adquieren una forma menos ingenua.

«Eh, ¿cómo va? ¿Te apuntas a esquiar el sábado que viene? Va, tío, q hace siglos que no te pones unas botas. Di algo x organizar coches.» El aviso acústico del mensaje le hace coger el móvil con urgencia, convencido de que será Marta. Resopla y lanza el aparato contra el sofá con rabia cuando ve que es de Arcadi. La palabra «esquiar» ha activado un recuerdo de la época universitaria que se despierta como los volcanes, de repente, aunque el título ya repose, amarillento y enmarcado, en casa de su madre, junto con las medallas de fútbol sala y los recuerdos de la primera comunión. «Esquiar» todavía emite un sonido incómodo, como un ultrasonido que solo perciben los roedores. Arcadi forma parte de esos amigos a los que aprecia, pero con los que, en realidad, con los años ha tenido que hacer lo que se hace con las alcachofas: deshojarlos de la soberbia y el elitismo hasta encontrar un corazón que merece mucho la pena. Durante años ha fantaseado con escribir un guion protagonizado por esos amigos que de jóvenes consumían de todo y eran un desastre en los estudios, pero que en lugar de acabar con fracaso escolar y viviendo en la marginalidad, acaban siendo empresarios. Esos amigos que apuraban los últimos días del verano en los apartamentos y las casas de sus padres en la Costa

Brava mientras él acreditaba la renta familiar computable en la solicitud de becas y ayudas para estudiar en la universidad cuando acababa su jornada de camarero en el bar de un amigo de su tío, en L'Hospitalet. Las mesas pegajosas, el olor de la bayeta mugrienta y los palillos usados. Era rápido y resolutivo. Lo hacía con absoluta naturalidad, porque era lo que tocaba, para ahorrar, para salir el fin de semana, para pagarse la ropa que le gustaba, para no oír a su madre y para huir de allí. No se paraba a hablar con los clientes, mayoritariamente jubilados y pensionistas que paseaban pájaros en pequeñas jaulas cubiertas con una funda. Pasaban por el bar a charlar un rato y le pedían carajillos antes de ir al parque y exponer las aves al sol para que cantaran. Competían entre ellos. Los oía fanfarronear sobre los controles policiales de incógnito, que sabían identificar. Algunas actuaciones de la Guardia Civil les hacían hablar con reservas y bajaban el tono de voz en el bar. Cazaban pájaros silvestres y les enseñaban a cantar. Aquellos hombres, de alguna manera, eran felices. Tenían algo de tribal allí agrupados, sin sus mujeres, con todos aquellos pájaros domesticados y los recuerdos de lo dura que es la vida, el hambre, la emigración y la añoranza de la tierra recogidos en la cara, metidos en los surcos de la piel, como un valor estético que les otorgaba sabiduría y la tranquilidad de no tener ya que rendir cuentas a nadie. Pero también estaban aquellos otros que se quedaban horas y horas en la barra o delante de las máquinas recreativas, consumiendo un cigarrillo con los dedos manchados de nicotina mientras el cigarrillo los consumía a ellos, con el vaso de tubo en la mano desde primera hora de la mañana, encorvados y hepáticos. Solo reaccionaban al sonido de las dos máquinas que había en el bar, como si el generador de números aleatorios los activara. Entonces respondían al ruido de los rodillos haciendo girar símbolos múltiples. Naranja, limón, fresa y campana. Si se alineaban determinadas combinaciones de símbolos, las monedas caían con estrépito, aunque ellos no alteraban el gesto; recuperaban las monedas y las volvían a meter, repetidamente, siempre con la mirada perdida, el pelo grasiento, ausentes. La que separa a los hombres de los pájaros y los de las máquinas tragaperras no es una línea delgada, sino un hilo de pescar: resistente pero casi invisible. Es fácil tropezar y caer del lado del fracaso. Si te levantas y te caes, y vuelves a levantarte y de nuevo la vida te tumba, una y otra vez, y otra vez más, es lógico perder la fe en ella y ponerla en una predicción matemática, abandonarte a la desidia y creer firmemente en el número infinito de veces que puede girar un rodillo, reducir tu proyecto de futuro a una fresa, un limón, una naranja y una campana. En aquella época lo pensaba a menudo, y al verlos estaba convencido de que era afortunado, de que a él la vida no lo había tumbado. Solo le había hecho gravitar siempre alrededor de una madre, de una abuela, de un tío encajado con calzador y de una hermana, pero no alrededor de un padre. Había familias construidas correctamente y familias obligadas a reconstruirse. No estaba de moda nombrar las ausencias con palabras higiénicas como «monoparental» o «disfuncional», pero ellos sentían que llevaban unas etiquetas escritas en la frente que les debilitaba el cometido familiar y los hacía cojear un poco, al tiempo que percibían un viento en la nuca que les susurraba: «Viuda», «Huérfanos», que los hacía avanzar pero también retroceder, que a veces soplaba con más fuerza y provocaba remolinos de llantos, ansias, peleas en la escuela y portazos, aunque también había momentos, iluminadores, que sabían domar aquel viento y transformarlo en brisa. Así pues, a él la vida no lo había convertido en un fracasado. Entendió enseguida que el único responsable de gestionar sus circunstancias era él; por eso, en aquel bar, se sentía en la obligación de huir de allí y proporcionar algo mejor a las mujeres que lo habían criado, un impulso inherente a su masculinidad siempre en construcción, quizá proporcionarles orgullo, su orgullo, como si fuera transferible, demostrarles que él, si quería, podía abrazar la vida entera.

El primer año de universidad supuso una sacudida que le reordenó el mundo. Existía la posibilidad de otras vidas, de la libertad, de los textos que lo interpelaban y que le hablaban de cosas que hasta entonces solo había experimentado en silencio; las primeras fiestas épicas, las conversaciones con algunos profesores. Entendió que a partir de entonces algo nuevo en su cabeza establecía una distancia con la vida dura y penitente que le había vendido su madre. Las riendas de la vida. Las podía coger si quería. Trabajar de teleoperador, de repartidor, de lo que fuera para continuar en la universidad. Todos aquellos trabajos postizos, necesarios, mal pagados, a menudo en condiciones tremendas, los hacía con absoluta indiferencia hasta que conoció al grupo de amigos más o menos definitivos. Perplejo, entendió que había tantas versiones de uno mismo como influencias de los demás. Querer parecerse a cada uno de ellos era un peligro y le provocaba tensión; copiaba alguna expresión, incluso algún movimiento. Entendió lo protegidos que estaban los demás, el modo en que no les podían afectar las mismas cosas que le afectaban a él, pero también, por fortuna, que quedaba a salvo de aquella competición entre ellos que era la prolongación de una clase endogámica, su odiosa necesidad de airear las riquezas. Deambulaba entre ellos, se fusionaban a través de las bromas, de las escaramuzas que provocaba siempre con el propósito de reírse de sí mismo, para agradarles. El mismo humor que a día de hoy le sirve para ganarse la vida lo utilizaba en su contra para que lo aceptaran. La necesidad humana de pertenecer al grupo. La universidad le había permitido hacer *tabula rasa*, acomodarse a una nueva identidad. Si conseguía dejar a un lado el nivel de renta o el prestigio social, se acercaba bastante a quien quería ser.

Estudiante de Comunicación Audiovisual. Pensaban que se los rifarían cuando acabaran la carrera. Marc y él eran de los alumnos con mejores notas; curiosamente, los únicos del grupo que no podían hacer ostentación de las riquezas familiares. No vivían en una situación marginal o de pobreza, ni mucho menos, pero eran conscientes de que en la amplia clase media que lo abarcaba todo y garantizaba cierto equilibrio, uno podía sentirse en la periferia del mundo, y de que este era más cómodo para unos que para otros.

Cuatro años y graduados. Con el título bajo el brazo, repeinados y con una sonrisa escéptica, llamaron a todas las puertas, pero no había trabajo para nadie. Fingían que los rumores eran infundados, pero pasaban los meses y ninguna puerta se abría, y al final Marc y él acabaron en la FNAC vendiendo libros y discos para hacer frente a la cruda realidad. Tres años pasaron allí mientras buscaban sin éxito otros trabajos. Cada vez que podían se apropiaban de cedés de música y libros de cine de la tienda. Solo tenían que cortar una esquina de los adhesivos cuadrados con el circuito azul metálico colocado en el reverso, y todo el circuito se rompía. Era su pequeña venganza contra la tierra falsamente prometida. Nunca nadie sospechó de ellos, con aquella expresión ingenua, de trato amable con los clientes y enamorados platónicamente de Maggie, de la sección de electrónica. Era irlandesa, lucía un escote que se movía como la gelatina, blanco, salpicado de minúsculas pecas como canela en polvo sobre leche de pantera. Estudiaba Hispánicas en la Central. Primero se lio con Marc, y al cabo de unos meses, con él. Para ninguno de los tres era un problema.

Cuando se reunían en un bar de la calle Santaló con los demás amigos, se sentía como un pez fuera del agua. Para él, preparar las salidas de esquí tenía algo de antipático. Parecía que todos los demás hubieran aprendido a esquiar mucho antes que a andar. Aquella manera de pronunciar «forfait», de moverse con la indumentaria como si formara parte de su anatomía. Dani iba con botas alquiladas y ropa que le dejaban aquí y allá. Andaba con dificultad. Se sentía como un explorador defectuoso del Ártico. «Te has vestido para daltónicos, querido», le dijo una vez Arcadi al pie de las pistas, y todos se rieron sobre sus esquís, con las rodillas ligeramente flexionadas. Él contestó con un «Cabrones» que pretendía ser animado y condescendiente, pero por dentro los maldijo a todos. Podía odiar a Arcadi; la humillación produce deseos de venganza, y él deseó verlo engullido por un alud allí mismo. Arcadi parecía concebir la amistad como una relación de poder en la que había un criado y un señor que repartía afecto a conveniencia. Después hacían el gamberro un rato, y las grietas volvían a cerrarse. Arrogante, insolente a ratos, pero, mirándolo bien, divertido y leal. Además, tenía a Marc, hijo de campesinos de Olot, anarquista loco que lo impulsaba a hacer cosas que su yo monótono y más bien aburrido nunca haría. Le llenaron los días de hilaridad, de chicas, de fiesta y de alcohol. Pura fantasía masculina. La petulancia de todos ellos quedaba sepultada por la fuerza impagable de la amistad. ¿Cuántos años han pasado? Del grupo, los que aún no han tenido hijos son lo bastante jóvenes para jugar partidas de lo que sea con la PlayStation rodeados de latas de cerveza, esperando más de la vida, y lo bastante viejos para entender que el reto permanente es combinar de manera envidiable la productividad con el hedonismo.

«Paso, tengo trabajo pendiente. La próxima vez.» No presta atención al texto, ni a lo que escribe; ahora mismo, Arcadi no le interesa nada, hace ya años que ha dejado de adularlo y es evidente que las prioridades han cambiado en las últimas horas. Con desprecio se dice que quizá el equivocado sea él y que es cierto que la amistad está sobrevalorada, que no todos los amigos valen lo mismo, ya que todo lo que pudiera explicarle de este momento de ahora sería inadecuado teniendo en cuenta la complejidad real.

Enseguida le llegan dos mensajes de Marta.

«Dani perdona x lo de antes. No sé qué me ha pasado.»

«No iré a dormir. Necesito pensar en todo esto. Saca a Rufus, ¿vale? Hablamos mañana.»

No pasa ni un segundo antes de que empiece a contestar. Teclea: «Vuelve, por favor, prometo no tocar el tema si es lo que quieres» en un abrir y cerrar de ojos. Lo borra. Marta es poco amiga del drama. Tiene que medir muy bien las palabras, no asustarla con la urgencia con la que lo vive él, así que escribe: «¿Dónde estás? Si quieres puedo ir a buscarte». Lo borra. Marta no soporta la dependencia. Tiene que concentrarse para ser impecable, con cada palabra debe procurar atraerla, no alejarla más. Escribe: «Marta, ¿podemos hablar como dos personas adultas?». Pero vuelve a borrar. No hay nada que hablar. «Estoy embarazada. No quiero seguir adelante.» Cree que quizá se excede mostrando una preocupación y un lamento permanentes; se plantea añadir algún taco, alguna vulgaridad que lo muestre más autoritario ante ella, pero también lo borra y al final solo escribe: «Ya he sacado a Rufus. Un beso de parte de mi madre. Descansa». Estudia cada palabra como una táctica, incluso los puntos y seguido. Le parece que transmitirán un ritmo y que ella pensará que en realidad está ocupado con otras cosas y que por lo tanto ya ha pasado página del incidente de esta mañana. Solo cuando ya lo ha enviado se da cuenta de que el dedo ha pulsado el emoticono equivocado y que en lugar del que lanza un beso ha colocado uno que se troncha de risa y al que se le saltan dos lágrimas de los ojos. Da tres puñetazos a la pared con todas sus fuerzas. Al otro lado del tabique, una voz tapiada por los ladrillos se queja en un idioma que no entiende. Va a la nevera, coge una botella con un culo de vino blanco que utiliza para cocinar, quita el tapón de corcho y apura el vino de un trago. Se seca los labios con la manga. Cierra la puerta de la nevera y se queda mirando la postal sostenida por un imán. Una foto en blanco y negro de Buster Keaton que reza: «¿El humor? No sé qué es el humor. En realidad, cualquier cosa graciosa. Una tragedia, por ejemplo».

11

El invierno envuelve Barcelona. Al anochecer, las calles del Eixample se entrecruzan bajo una nube de prisas, cláxones y colonias de existencias que se dirigen a sus nidos. Como castas de insectos, de obreras, de soldados y de otros grupos especializados que actúan como una sola entidad y que encuentran en el superorganismo que es la ciudad su determinación como personas, pero también los obstáculos y la desesperanza; así se preparan las calles para recibir la noche, maquilladas y perfumadas para esconder la pizca de decadencia obligatoria. Los días aún son cortos y hace rato que ha oscurecido. Un soplo de viento frío persigue exaltado los rastros de todos los pasos y los empuja como un celador escrupuloso. Dani sale a la calle por la boca de la estación de Provença. Hay un mendigo. Dani lo ve, siempre los ve. Tiene una especie de imán que atrae a todos los personajes que incomodan, vagabundos, encuestadores y voluntarios de oenegés que buscan nuevos socios. Primero pasa de largo, pero a los pocos segundos vuelve atrás y lanza unas monedas al vaso de papel. Sigue su marcha preocupado. Marta le recriminaría que le diera dinero. Si ahora lo hubiera visto, le recordaría que una limosna no acabará con la mendicidad, que en todo caso hable con él e intente ayudarlo de otra manera. Pero Marta no está aquí, y para a él lo más cómodo es lanzarle unas cuantas monedas. Hace que se sienta bien y no lo expone a nada. En el fondo se pregunta si en el hecho de detenerse y volver atrás para dar al hombre las monedas no se oculta la intención de llevar la contraria a Marta, una venganza ridícula por haberlo dejado todo el día con la palabra en la boca. El control absoluto que tiene Marta de la situación lo irrita, y en los momentos en que consigue pensar con claridad entiende que le ofende hasta el punto de sentirse violentamente enojado por haberlo dejado fuera de una decisión tan importante.

El semáforo se pone en rojo para los peatones. Chasquea la lengua porque tiene prisa y no le gusta ser impuntual. Hace un rato ha recibido un mensaje de Clara pidiéndole quedar. Que no le robaría mucho tiempo, le prometía, pero que necesitaba hablar con él cuanto antes. Desde entonces, la angustia ha ido a más. Parece que la vida se complique por momentos y él no pueda bajar la guardia. A la incógnita del mensaje se suma la base cada vez más sólida de confusión que viene arrastrando los últimos días. El resultado es un hombre convertido en una máquina generadora de nuevas hipótesis y conjeturas.

Pero entonces, mientras espera a que el semáforo se ponga en verde, tres madres jóvenes se agrupan a su alrededor rodeadas de los correspondientes niños y niñas abrigados y cargados con mochilas. Detenidos en la acera, se mueven sin parar, juegan dentro de una burbuja de fantasía, risas y gritos que se equilibra con la calma y la seguridad con las que hablan las tres mujeres. Cree que la escena, que no tiene sentido argumental, solo emocional, requiere una captura del momento, así que retiene la visión como una escena cinematográfica, la convierte en una cadencia de veinticuatro fotogramas por segundo, un movimiento limpio tan bello que le parece insultante. Los críos destacan sobre un fondo de estelas de luz producidas por el tráfico. Salen de ballet, de inglés, de natación, y él se pregunta si antes les había prestado atención, si durante todos estos años ya estaban ahí con sus anoraks de colores con capuchas y sus voces juguetonas, o han aparecido ahora y se quedarán mientras él sea consciente de su licencia para procrear. No puede evitar observarlos y fijarse en sus rostros desdentados, pecosos, con aquellos ojos vivos y traviesos. Vociferan burradas entre ellos que les hacen desternillarse. Cuando el semáforo se pone en verde, las madres se apresuran a cogerlos de la mano mientras intentan atrapar a otro que se embala y salta las rayas blancas del paso de peatones con grandes zancadas. Cuando se alejan por la calle, Dani se da cuenta de la perversidad de ese estallido de vida colocado delante de él como muestra de lo que podría ser. Le parece una extraña confabulación del azar, una combinación de belleza y dolor.

Clara lo ha citado en Les Gens Que J'aime. Al local se accede por una escalera que baja a un semisótano. Se peina con las manos. Cree que si te recibe el demonio, debes estar presentable. Cuando llega, Clara ya está dentro. Tiene la cabeza gacha y la cara iluminada por la pantalla del móvil, las piernas cruzadas y un aspecto mucho más desenfadado. Ha cambiado la camisa de seda del otro día por un jersey de angorina púrpura y unos vaqueros envejecidos. Parece parte del decorado del pub, incrustada en un sofá de terciopelo rojo y con la moqueta polvorienta bajo los pies. Dani siente que se le encoge el estómago y se prepara para el embate. El bombardeo de construcciones mentales le hace recuperar el recuerdo de decenas de películas en las que despiden al protagonista, que se marcha con cara de perro abandonado, cargado con una caja de cartón en la que ha metido el marco de fotos y el portalápices. Si al final Marta decidiera que sí, que quiere tener ese hijo, él irrumpiría en el escenario de la paternidad como un perdedor. Un padre enquistado en la era de la precariedad laboral. Costaría embellecer un fracaso de este tipo.

—Dani, ¿qué tal?

Clara mueve una mano, que lo devuelve a la realidad, y él se acerca con el corazón cabalgándole en la garganta. Lo saluda con dos besos. La mujer fría que le ha hablado por teléfono esta mañana no parece la misma que la que hace este gesto simpático, que lo pilla desprevenido.

—He pedido un cóctel. Los hacen muy buenos. ¿Te pido algo?

Él duda un momento. No se puede destrozar la vida de un subordinado y a la vez invitarlo a un cóctel. No la ve capaz de tanto cinismo.

—Tomaré lo mismo que tú.

Cuando Clara se levanta y se dirige a la barra, él la mira, desconfiado. Observa la presencia de una mujer sentada a la mesa del fondo, que lee las cartas a una chica oriental. En todo el bar se respira un halo de misterio y bohemia.

—Ahora te lo traen. —Se sienta y le toca la mano con actitud maternal, sin la menor coquetería—. Oye, te agradezco que hayas venido.

Él no dice nada. Aparta la mano y busca su mirada por si ve algún indicio de lo que le espera.

—Te debo una disculpa, Dani. Antes, por teléfono, no debería haberte hablado como lo he hecho.

Él se recuesta contra el respaldo y la mira, perplejo. Una disculpa es lo último que esperaba. Nota que la tensión empieza a diluirse y solo entonces agradece las luces bajas, las paredes forradas de pósteres y fotos de Godard, el jazz y la intimidad del lugar. Clara no se detiene y, como una cascada de agua por un precipicio, le habla de la presión a la que se ve sometida cuando tiene que dar la cara todas las semanas con producción y realización. Que justo antes de llamarlo esta mañana le han echado atrás media biblia porque no hay presupuesto y no podrán rodar más de once secuencias en exteriores. Que se olvide de Düsseldorf, pero también de Berlín; que como mucho pueden rodar una escena en el aeropuerto y reproducir algún exterior falso. Que está hasta la coronilla, tantos años dejándose la piel con los guiones y no poder quitarse nunca de encima la losa del «No hay presupuesto». Añade que, definitivamente, debería haber estudiado matemáticas.

—Una mierda, ya lo ves. —Coge la copa y casi se acaba el cóctel de un solo trago—. Pero eso no me da derecho a ir por el mundo ladrando a los demás. Siento mucho lo que te he dicho y cómo te lo he dicho, de verdad.

Sin dejar de mirarse, por casualidad inspiran los dos profundamente a la vez, aliviados, y luego se les escapa la risa por la coincidencia.

—Yo tampoco he estado muy acertado. No he sabido explicarme bien. Disculpas aceptadas.

Dani alza la copa. Se quedan en silencio. Los dos tienen la habilidad de oírlo y aun así la obligación de escucharlo, ya que en este silencio acaban de fundar lo que con los años será una buena amistad.

—¿Matemáticas?

Clara echa la cabeza atrás para reírse. El sonido es grave, bajo, una risa ronca y seductora. Lleva suelto el pelo, que ella sacude de vez en cuando, como un tic. No tiene los dientes perfectos. Están un poco ladeados hacia aquí y hacia allá, como si fueran decisiones que aún deben tomarse, pero sus labios carnosos han hecho que él no se diera cuenta hasta ahora.

—Mi padre fue profesor titular de matemáticas aplicadas y ha investigado toda su vida. Análisis y simulaciones en mecánica cuántica. Su sueño habría sido que yo siguiera sus pasos. Créeme, no hay cena de Navidad en que no me lo reproche.

Él arquea las cejas. Un padre. Piensa en cuánto debe de reconfortar a un hijo que su padre proyecte en él su deseo particular y sus expectativas. Alguien concreto, definido, un padre que espera algo de ti.

—Y nosotros jugando con la ficción. Al lado de la ciencia puede sonar incluso ridículo.

—No digas eso. —Clara niega con la cabeza, enérgica, mientras se remanga el jersey. Tiene las muñecas pequeñas, como de niña—. ¡Lo que hacemos nosotros es importantísimo! Prestamos atención al mundo, nos pensamos. Además, a alguien que se siente solo, el cine y las series pueden hacerle mucha compañía, ¿no te parece? Yo las escribo con los espectadores en mente, pensando que los protagonistas les resultarán tan cercanos como los amigos o la familia.

—La felicidad al alcance de todo el mundo y prácticamente gratuita —sostiene Dani.

—¡Exacto! Aprecio mucho nuestro trabajo.

Ella busca el contacto visual. Como si quisiera convencerlo de que lo del teléfono no forma parte de su talante. La afinidad que siente de golpe con esta mujer casi desconocida lo seduce. Incapaz de verbalizarlo, solo hace el gesto de aplaudir sin hacer ruido para celebrar el código que los une. Al principio se siente ridículo, pero parece que Clara ni siquiera lo ha advertido; sigue argumentando, animada, que ella es del todo leal a la cultura popular, que si no existiera no seríamos plenamente humanos. Se animan a conversar y a beber. Entre ellos va adquiriendo forma ese entendimiento remarcable que hace que el tiempo pase inadvertido; se sorprenden de algunos paralelismos vitales, coincidencias en gustos, y bromean sobre lo que los opone. Él es capaz de olvidar un rato la extrañeza del día. He aquí dos almas al servicio de la ficción que quizá nunca se habrían encontrado si no hubieran pasado al lado real de la vida. Ambos tienen la grata sensación de haber hecho un redescubrimiento inesperado de la amistad. Clara toma aire ruidosamente; parece acalorada y pletórica. Le dice que el mundo es absurdo. Quiere coger la guinda del cóctel. Le fallan los reflejos. Al final lo consigue y le da pequeños mordiscos sin dejar de hablar.

—Los adultos somos cada vez más infantiles, ¿no te parece? Consumimos productos para adolescentes, y entretanto los jóvenes estáis todo el día preocupados, pensando, qué sé yo…, en la jubilación.

A él le parece encantadora.

—¿«Estáis»? ¿«Los jóvenes»? Pero ¿qué dices? ¡Si tenemos prácticamente la misma edad!

Dani percibe que acaba de entregarse a cierto flirteo. Clara vuelve a reírse y pone los ojos en blanco como solo puede hacerlo alguien que ha vivido como mínimo una década más llena de verdades de las que él todavía no sabe nada. Que tiene cuarenta y nueve años y tres hijos. Dos niñas y un niño, le dice, y levanta tres dedos. Quince, diez y cuatro.

—El último, claro está, fue de penalti. Y atención, repique de tambores: hoy hace justo una semana que me he separado.

Aprieta los labios, sonríe y apura el cóctel sin mirarlo.

—Lo siento.

—No lo sientas. Lo dejé yo. Me he enamorado locamente de una mujer de la que solo sé el nombre.

—¡Hostia, Clara! ¡Escribamos juntos una sitcom de tu vida, por lo que más quieras!

—Venga ya. No seas carca. ¿Ves como los jóvenes estáis muy seniles? Lo mío es muy de los noventa. Está más que pasado de moda.

Los dos se ríen. El macho hegemónico, nítido e incuestionable se retira y se relaja visiblemente ahora que está seguro de que entre ellos no va a producirse ninguna tensión sexual no resuelta.

—A los treinta —le dice señalándole—, te dices a ti misma que un día te cogerás un año sabático, o quizá dos, quién sabe, y te irás a vivir a San Francisco y también a México. Crees que la vida será tuya a medida que pasen los años. Que escribirás un libro, asistirás a muchas fiestas, harás grandes amigos; pero de repente tienes cuarenta y nueve y no has ido a ninguna parte. ¿Fiestas? Sí, claro, las de los cumpleaños de mis hijos, y los quiero con locura, pero los siento como si fueran tres parásitos que me chupan la sangre hasta dejarme vacía de la persona que era. Además, están las dietas de las narices. Me niego a dejar de usar tallas que ya no son las mías.

—Pero si estás estupenda.

Ella hace una mueca, y lo despacha con un gesto al aire de las manos para desviar la atención.

—¿Sabes qué pasa?, que de repente te das cuenta de que sigues casada con un hombre de día, pero sueñas todas las noches con una mujer a la que has conocido en el gimnasio. —En este punto, Clara suspira románticamente. Después se recupera—. Lo que quiero decir es que nunca desaparece la sensación de estar esperando otra cosa. ¿Me entiendes?

Él entiende enseguida lo que le quiere decir. Diez años arriba, diez años abajo, siempre la sensación de estafa vital, el miedo a vivir exclusivamente, a partir de ahora, versiones empobrecidas de lo que ya se ha vivido antes. El relato de Clara, en las notas mentales del guionista más joven, evoca una imagen de madre imperfecta pero amorosa, de zapatos tirados por todas partes, piezas de Lego y lavadoras que no dejan de girar. La imagina trabajando por la noche delante del ordenador mientras los niños duermen. Gafas con montura de pasta, camiseta holgada, sin sujetador, y perdiendo el norte con el recuerdo de la mujer del vestuario del gimnasio a la que ha visto entrar en la ducha con dos sensuales hoyuelos de Venus en la zona lumbar. Cansada y feliz, la imagina escribiendo rodeada de la iconografía caótica propia de la maternidad. Los espacios privados que Dani piensa para Clara contrastan con los que ella muestra en público. Siempre le ha llamado mucho la atención la variedad de capas que tienen las mujeres. Le parece que los hombres no son tan promiscuos con su identidad.

—Quizá ella nunca se fije en mí, pero hay que saltar sin red, ¿no crees? Me he dicho que basta. Antes de que sea demasiado tarde.

Su valentía le sobresalta, y la afirmación de Clara lo lleva directo a la maraña que había conseguido arrinconar hace un rato. Las decisiones. La suya es bastante trascendente; él le ve incluso un trasfondo biológico, algo que tiene que ver con la supervivencia de la especie, de su especie concreta. No es que se considere un espécimen en extinción al que se debe proteger, pero hay un eco del pasado y la ausencia de un padre, que cree que puede suplir con un futuro que abrace la presencia de un hijo; es lógico que le otorgue un sentido tan elevado. Disimula bebiendo con la mirada clavada en la copa. Sabe que le toca a él si no quiere parecer un pardillo. Cuando Clara ha dicho que su padre es matemático, a él le habría gustado contarle que el suyo era impresor, pero su padre está muerto, y en las conversaciones la muerte es autoritaria, primero acapara toda la atención y después lo desvirtúa todo. Podría, por lo tanto, hablarle de su madre, pero su tono quejumbroso cuando piensa en ella hace que la deje en el banquillo. Si le habla de Marta, por fuerza reflejará el recelo que lo desborda cuando piensa que aún no se ha dignado llamarlo para hablar de un tema crucial. A él, el embarazo le ocupa todo el espacio que habita: la cabeza, el corazón, el estómago encogido, todo él a la espera del desenlace, y para evitar que su mundo parezca un jodido cuento de Dickens, recurre al comodín del trabajo. Le dice que no le gustan los nuevos grafismos que utilizan en la serie, comenta algo de los textos que aparecen en pantalla, de los mensajes que los personajes reciben en el móvil o las imágenes de las webcams. Cualquier cosa para salir del paso y no mostrarse preocupado.

—Ya entiendo que producción intenta parecer moderna, pero me saturan tantos grafismos. Además, ¿no te parece que en muy poco tiempo parecerá obsoleto?

—Podría ser. —Clara inclina ligeramente la cabeza—. Tomo nota. Sí, quizá tengas razón.

Todos estamos hechos de la misma masa contradictoria. Ella lo sabe, y por eso le sigue el juego. Su intuición femenina le ha informado desde el primer momento de que algo más grande que Berlín pesa sobre el hombre que tiene a su lado y que no consigue abrirse en ese sofá diván en el que hacen terapia, pero no le dirá nada, hoy no, aún no lo conoce lo suficiente, no quiere comprometerlo, solo le gustaría decirle que, sea lo que sea, con los años lo relativizará todo, pero opta por no hacerle sentir incómodo; así que con un movimiento de cabeza indica a Dani que se fije en la mujer enigmática del rincón, que ahora lee la mano a una pareja.

—¿Te atreves? —le pregunta, provocativa.

—Créeme: ahora mismo, si me lee las cartas o la mano, la mujer entra en *shock*.

Agradece la calidez de la risa de Clara como respuesta, que no pregunte. Clara es inteligente, una máquina de empatía. Dani ha descubierto que es conciliadora. Que escucha, rectifica, sonríe y acompaña. Está cansado, pero más relajado después de este rato con ella. Cree que las mujeres hacen ciertas concesiones cuando tratan con él para que no se sienta ridículo; no sabe cómo agradecérselo. Tampoco sabe cómo contarle el momento por el que está pasando. Le gustaría que lo supiera. No tanto por compartir esa información, sino por la esperanza de que pueda ayudarlo a descubrir qué debe sentir en estas circunstancias y saber cómo se supone que debe acercarse a Marta. Pero no es hábil mostrando su dolor, y menos un dolor que tiene que ver con la pérdida de la propia imagen, acompañado de una sensación de fracaso personal. Así que, como el mejor actor, decide comportarse como si no pasara nada. Quiere demostrarle a Clara, o quizá a sí mismo, que controla la situación, y aunque lo esotérico nunca le ha atraído y la idea de que le lean el futuro no le seduce demasiado, la mira fingiendo una sonrisa siniestra y le dice que lo espere ahí mismo.

En realidad, no es la pseudociencia lo que le empuja a dirigirse a la vidente, y tampoco su torpeza emocional. Es la angustia de no saber. Preferirá creerse lo que la mujer le diga aunque no sea demostrable.

12

Marc abre la puerta del rellano medio dormido. Mira el reloj y le recuerda que habían quedado el miércoles por la noche, como siempre.

—¿Va todo bien?

Dani contesta entre dientes con un sonido que podría ser muchas cosas. Se frota las manos y se sopla las palmas mientras avanza por el pasillo. Es oscuro y largo, con habitaciones a ambos lados, la cocina, el baño y por último una sala con una galería que da a la calle Mallorca. Marc paga el triple que cuando lo alquiló con Sara, hace cinco años, pero lo asume con resignación. Él sigue cobrando prácticamente el mismo sueldo de la productora en la que trabaja desde que dejó la FNAC. Con dos sueldos y sin hijos, aguantaban, pero nunca se han podido permitir ahorrar. Ahora que se ha acabado la historia con Sara, ha decidido a regañadientes realquilar las habitaciones. Se resiste a marcharse de los metros cuadrados que han contenido esa historia. Cree que uno puede agarrarse a las paredes del lugar donde ha sido feliz para intentar arañar un poco más el poso que queda con la esperanza de llevarlo pegado bajo las uñas. Ha empezado a dar voces, pero sin insistir demasiado. Cuesta llenar el piso de desconocidos con el corazón aferrado al recuerdo de la mujer que vivía en él.

—Necesito una copa.

—Son las once de la noche, hace un frío de cojones y estoy en pijama, cabrón. ¿Por qué no me has avisado de que venías?

Pero no insiste. Comparten un código de honor, el derecho al miedo y a las dudas, a todo lo que se prohíben delante de los otros hombres del grupo. Ellos dos no tienen que mentirse sobre las miserias que a menudo los llevan a equivocaciones, no tienen que disimularlas después, ni minimizarlas con la farsa necesaria para mantener el dominio de su hombría. En su parcela de amistad hay espacio suficiente para asumir que no son infalibles.

Se sirve una cerveza de la nevera y espera sentado en el sofá mientras su amigo se viste. Se fija en la foto de los padres de Marc, de pie delante de la pequeña granja de producción porcina en la Vall d'en Bas. Enmarcada al lado del póster de Jimi Hendrix, adquiere un aire muy kitsch. Con los años, a la granja le han añadido la denominación «ecológica», pero cuando Dani iba a pasar algún fin de semana durante los años de carrera, solo era una casa destartalada y aislada con dos naves y una pequeña balsa de purines rodeada de campos de pasto. Tienen cuatro cerdos y se dedican a la producción de pienso y al secado de maíz. Marc nunca quiso saber nada del negocio familiar, y pese al disgusto de sus padres, ellos le pagaron toda la universidad y durante mucho tiempo su parte del piso de estudiantes en Barcelona. Quizá en el fondo creían en esa idea infundada de que los hijos irían a la universidad y vivirían mejor que ellos, como si pasar por las aulas equivaliera a un seguro de vida acomodada que garantizaba una jubilación larga y próspera. Ahora guardan las formas por teléfono, en las fiestas y en alguna visita en verano. Tuvieron el hijo para proyectar en él la continuidad de la granja y las tierras, porque un heredero no se negocia, se engendra, y si crece esquivando el futuro asignado, se le quiere con aridez.

Los padres de Marc miran a cámara como si hacerse una foto fuera una penitencia. En la mirada llevan clavado todo el universo campesino, todas las siembras, el agua de ortigas para prevenir los hongos, las labranzas con luna menguante en julio y los gritos agudos del cerdo durante la matanza. En los dedos, el brillo rojizo de descarnar, de trajinar calderas para hervir embutidos y frutas para hacer confitura, y en los rostros cansados, las jornadas de sol a sol. Las mejillas rojísimas de ella, por el viento, que corta en invierno. Las manos apretando un poco el delantal a la altura del vientre, tan miedosa por fuera y tan severa por dentro. La expresión de él deja claro que hacerse una foto le parece una pérdida de tiempo. Dani toma un trago de cerveza y no puede evitar reírse. No hay nada especialmente cómico en la fotografía, pero se atraganta recordando aquella vez que salieron todos de fiesta por Olot. Se alojaban en casa de Marc, que, a diferencia de ellos, que se movían en el coche de Arcadi, llevaba la Mobylette de su padre. La Mobylette era una moto superviviente. Restaurada unas cuantas veces, pero con un arranque perfecto. Marc siempre decía que su padre quería más a la moto que a él. No parecía decirlo en broma, y probablemente había algo de cierto en ello. Aparcaron a unos metros de la granja para no hacer ruido. Esperaron a que llegara para entrar juntos en la casa. Iban todos muy borrachos y bastante fumados. Lo vieron llegar de lejos muy despacio por el camino de tierra. Le pesaba la cabeza y llevaba el casco colgando de un brazo, como un capazo. Hacía eses, y dentro del coche ellos se llevaban las manos a la cabeza entre risas. Le hacían luces, pero él avanzaba muy despacio con la Mobylette, ignorándolos, hasta que pasó por delante del coche sin verlos, siguió unos metros más en dirección a la casa y se estampó contra el tronco del viejo roble. El estruendo fue lo bastante fuerte para despertar al padre y hacerlo salir de casa a toda prisa. La rueda delantera de la moto seguía rodando y el faro iluminaba el árbol. Todos salieron disparados del coche para ir a socorrerlo. Su padre le cogió la cabeza con un cuidado que parecía un añadido, un gesto forzado viniendo de aquel hombre tosco con camiseta imperio, que todas las mañanas tomaba una yema de huevo cruda y un vaso de vino para desayunar. Marc solo tenía una herida sin importancia en la frente. Canturreaba entre risas embriagadas. Su padre lo miró con desprecio y lo abandonó encima de la moto. Se giró hacia los demás haciendo aspavientos y les dijo, enfurecido: «¡Más vale tener cerdos!».

El verano era un estado mental, un montón de anécdotas que surgían de aquella vida holgada en la que uno mataba el tiempo haciendo el gamberro, en la que dudas como la que lo asalta esta noche y que está a punto de contar a su amigo no tenían cabida. Nada puede competir con los años suculentos en que uno se enamora locamente de la vida y su amor es correspondido. Aquellas ganas de devorarla entera, el atrevimiento, la vanidad y los anhelos.

Cuando salen a la calle, el aire es frío, y se apresuran a entrar en el pub irlandés en el que quedan los miércoles. La camarera los saluda y les pregunta qué se les ha perdido hoy por allí. Se ríen y piden unas pintas. Ella les dedica su caída de ojos habitual. Es coqueta, de Martinica, con la piel de ébano, el pelo afro trenzado y unas nalgas escandalosas. Solo hay una pareja al fondo, y un grupo de cuatro ejecutivos jóvenes, quizá abogados, que hablan animados y van aflojándose el nudo de la corbata con los dedos, procurando disfrutar y relajarse un rato a pesar de la pequeña soga que los tiene bien agarrados por el cuello.

—¿Qué te pasa, tío? ¡Tienes peor cara que yo!

Dani baja la cabeza. No sabe por dónde empezar. Quizá debido al ataque de sinceridad que ha mostrado Clara hace un rato, le parece que también él tiene que sincerarse con Marc. De camino a casa de su amigo, ha leído el mensaje de Marta muchas veces. «Necesito pensar en todo esto.» Querría que fuera una perífrasis de probabilidad y, con esta voluntad, su imaginación descifra el mensaje como una invitación a plantearse la posibilidad de cancelar lo que ha planificado para el miércoles y seguir adelante con el embarazo. Así es como va llenando el silencio de ella, contaminando los pensamientos de expectativa y haciendo crecer la necesidad de confirmación constante. Le gustaría ser capaz de decirle a Marc que le parece que quiere ser padre, pero juega con el posavasos, inquieto, preguntándose si es buena idea contarle todo eso. Decide adoptar un aire de indiferencia y despreocupación.

—Trabajo.

—¿La nueva jefa?

—Hoy me ha llamado para corregirme una decisión sobre una localización y he quedado como un anormal.

—Eres un anormal, Dani. Un anormal con pedigrí. —Le da un puñetazo en el hombro—. Venga, brindemos por tu anormalidad.

Levantar la jarra de cerveza con la espuma coronándola y fingir una sonrisa. De repente todo le cuesta un esfuerzo titánico. Beben en silencio unos segundos, pero son muchos años juntos, escuchándose. Han aprendido a identificar microexpresiones, pequeños movimientos faciales casi imperceptibles para cualquier otra persona.

—Dani, tío, ¿qué pasa?

—Es Marta.

—¡No jodas! ¿Vosotros también?

—No, no, no. Nosotros estamos bien. —Se detiene un momento para meditar lo que acaba de decir. Están bien. ¿Lo están? Se siente atrapado en un inmenso malentendido—. Está embarazada.

La sorpresa en la cara de Marc transmite una alegría sincera. Le da la enhorabuena, alza la voz para felicitarlo, pide: «¡Otra ronda, pago yo! ¡Que voy a ser tío, Camila!», le dice a la camarera. Conserva el vocalismo átono, aunque con los años ha ido dejando atrás las características del habla de La Garrotxa. Las considera pueblerinas, pero cuando pierde un poco los papeles, como ahora, le sale por la boca todo el catálogo de particularidades del catalán septentrional. Dani le hace un gesto con la mano para que baje el volumen.

El otro repite, ahora ya mirándolo a los ojos y sonriendo: «¡Que me haces tío, cabrón!». Insiste en no dejar de disfrutar de una alegría que él no está permitiéndose. Le envidia la facilidad con la que ha abierto las compuertas y ha dejado fluir el torrente de cosas buenas que le pasan por la cabeza cuando piensa en la llegada de un niño. Aún no lo sabe, pero en las noches que vendrán la reacción de su amigo ocupará un espacio de calidez en su memoria.

—Lo haré socio del Barça en cuanto nazca, qué coño…

—Para el carro, Marc. —Inspira—. Lo más probable es que no sigamos adelante.

Utiliza el plural. Se incluye en la decisión. Le parece que sería del todo criminal no hacerlo. Marc echa el cuerpo atrás y da unos golpecitos en la mesa con los dedos; en la cara, los labios se le contraen como a un simio; la primera emoción que exhibe no es de empatía, es algo más complejo que Dani reconoce enseguida porque él mismo lo arrastra desde que se sabe capaz de albergar esta actitud bipolar.

—Me parece razonable.

Dani siente que, en el fondo, la primera reacción de alegría desenfrenada ha hecho que se sintiera mejor que la actual condescendencia. Por unos instantes le parece que incluso podría enfadarse con él.

—Mierda de anarquista edulcorado… —le suelta levantando el brazo para pedir otra copa. Se frota la cara y la barba con las manos, nervioso—. Un hijo, tío. ¿Te lo puedes creer?

—¿Y Marta qué dice?

13

Marta llevaba un vestido de tirantes con un estampado de rayas oblicuas rojas y blancas abrochado con botones por la parte delantera. En los pies, unas sandalias. El público estaba sentado en el suelo cubierto con alfombras; había cojines y pufs esparcidos, pero en la sala donde se celebraba el concierto sorpresa no había sillas. El lugar en cuestión lo habían sabido un par de días antes, y hasta que aparecieran en el escenario nadie sabría quiénes serían los artistas. Ya hace dos años de aquello. Anna había animado a Dani a ir antes de marcharse a Suecia. Una buena despedida, un regalo de hermana mayor. El orden, la generosidad y el ritual tan propios de ella, que a menudo lo halaga con detalles. Se ven una o dos veces al año, pero Anna se encarga de vigilarlo pese a los kilómetros que los separan. Desde que él vive con Marta, su hermana ha sabido encontrar la distancia justa, pero los dos saben que hay vínculos capaces de superar los obstáculos geográficos. Si la necesitara, ella cogería el primer vuelo.

Así que la primera vez que Dani vio a Marta fue de espaldas, sentada como un indio, muy cerca de él, con el pelo rubio recogido en una cola alta y las manos sosteniendo sobre su regazo algo que él no veía. Hacía calor, allí dentro. Dani no pudo evitar hacer un rectángulo con los dedos, como si encuadrara un plano. Le pareció que tenía mucha fuerza dramática. Los hombros redondeados, anchos, las últimas vértebras antes de la nuca muy marcadas, algún mechón dorado por detrás de las orejas, las pequeñas contracciones del deltoides al mover los brazos, y los lóbulos rosados perforados por unos pendientes mínimos. Anna le dio un codazo riéndose.

—¿Qué haces?

—¿Recuerdas la obertura de *Mad Men*, con la silueta de Don Draper de espaldas?

Ella negó con la cabeza, indiferente, dando un trago de cerveza.

—Pues es un homenaje al cine de Alfred Hitchcock. ¿Recuerdas a Cary Grant en *Encadenados*?

Anna puso los ojos en blanco.

—Eres muy pesado, querido.

Entonces los asistentes rompieron a aplaudir. En el escenario apareció la cantante con una guitarra acústica, el batería y otro chico, que se sentó a los teclados. Se hizo el silencio y empezó la música. Dani seguía con la mirada fija en la espalda de Marta; desprendía una idea de secretismo, le parecía que podía ser alguien que ocultaba sus verdaderas intenciones, o quizá solo era que había visto demasiadas películas y que desde muy joven se había obsesionado platónicamente con determinado tipo de mujer: discreta, de gustos artísticos, locuaz, rubia y rodeada de un halo de misterio. Entonces ella cogió la cámara que tenía sobre las piernas y se puso a hacer fotos del escenario. Dani sonrió al ver la cámara. La encuadró de nuevo en secreto. Era un plano bello y útil por todo lo que expresaba: aún no se había girado y ya cumplía todas sus expectativas. La segunda canción era una adaptación bastante chapucera de «Visions of Paradise». Poco después de que empezara a sonar, Marta se levantó y él tuvo que retirar las piernas para que pudiera pasar.

«Perdón», le dijo abriéndose paso y alzando la cámara con un brazo para no dar golpes a la gente. Fue el primer contacto visual, directo y transparente. No tuvieron que aprender a descodificarlo. Ella se dirigió a un lado del escenario y siguió disparando. Se abanicaba con la mano entre foto y foto, y entonces él le susurró a Anna que enseguida volvía, y su hermana sonrió y le guiñó un ojo.

Pidió un par de cervezas en la barra y fue acercándose a donde estaba Marta. Cuando ella se retiró un poco para mirar las fotos que había hecho, Dani se armó de valor y le tendió la botella.

—Ten, para ti, para el calor.

—Estoy trabajando —le dijo ella como si lo conociera de toda la vida y sin levantar la vista de la cámara. Pero luego lo miró y se apoderó de la cerveza. Parecía darle vueltas a algo, con ojos inquietos, los genes germánicos recesivos, domina el marrón paterno, de zorro astuto; quizá solo estaba sorprendida—. ¿Sabes qué?, a la mierda. Debería estar prohibido hacer versiones de Mick Jagger. Vámonos. Tengo que pasar por casa y enviar estas fotos a la revista. Después voy cagando leches a una fiesta en casa de unos amigos. Es una puta plaga, todo el mundo cumple treinta este año. ¿Me acompañas?

Era de una brusquedad deslumbrante. Él solo fue capaz de soltar un sonido similar a una risa y brindar con la cerveza a modo de aceptación. No lo sabía, pero acababa de burlar al destino.

Todo lo que viene después es un remolino que le encoge el estómago con un ataque de nostalgia. Marc sigue esperando una respuesta, pero a él no lo seduce demasiado la idea de poner en su boca lo que opina Marta sobre algo tan íntimo como tener o no tener hijos. No quiere que Marc la juzgue sin entender todos los matices que la hacen actuar de una manera determinada. Además, piensa, es del todo inenarrable la manera como, la noche que se conocieron, después de salir de la sala del concierto, habían caminado a paso muy ligero hasta que ella paró un taxi, que los llevó al lado del Arc de Triomf, al pasaje de Sant Benet, donde Marta compartía piso con otras dos chicas. Durante el trayecto no habían dejado de hablar ni un solo momento. Era fácil, no había que esforzarse para decir cosas ingeniosas, las frases encontraban en el otro la justa correspondencia, parecía que se fundían.

Mientras ella acababa el trabajo, Dani la esperaba fuera, en la calle, fumando un cigarrillo. Le inquietaba que aquella prórroga echara a perder la conexión y la magia del momento; sin embargo, cuando ella bajó, ya sin la cámara, y le ofreció una mano llena de peras de San Juan recién lavadas, se reanudó la naturalidad que habían articulado en el taxi.

—Estoy intentando dejar de fumar. Pero me paso el día picando. Supongo que es mejor un buen culo que un cáncer, ¿no? —Mordió la pera—. La putada es que acabo fumando igual, y encima como más.

Suspiró. Esgrimía un liberalismo común, aunque no exento de la preocupación colectiva de vivir en un mundo en descomposición. Culta, divertida, hija de un psicólogo y una ama de casa, se le había metido en la cabeza «Visions of Paradise» y de vez en cuando la tarareaba, reproducía solo la música con los labios apretados y dejaba escapar alguna frase, «tell me the name of the stars in the sky»; de vez en cuando se miraban de reojo y se sonreían; él hizo una pequeña aportación sobre si Jagger en solitario no era tan monstruo como con los Rolling Stones, pero al lado del murmullo de la melodía que ella iba dosificando, todo parecía de más. Aquella seguridad de Marta le hacía sentir muy cómodo. Caminaba por las callejuelas laberínticas del barrio de la Ribera al lado de una mujer alegre a la que acababa de conocer una noche de finales de junio. Tan sencillo como eso.

—Pero ¿por qué dices que seguramente os echaréis atrás? ¿Aún no lo habéis decidido?

Marc ha dejado a un lado el sarcasmo, y Dani siente una leve incomodidad. Sigue bebiendo. Que no lo sabe. Que imagina que sí. Que tienen hora pasado mañana para hacerlo, para abortar, dice bajando mucho la voz, pero que Marta no dormirá esta noche en casa porque dice que tiene que pensar en todo esto.

—Quizá se lo piense, ¿no crees?

—No lo sé —insiste—, solo hace dos años que estamos juntos, pero seguimos llevando vidas bastante independientes, ya sabes, y con los viajes para los reportajes de las revistas ella pasa mucho tiempo fuera, así que, si te paras a pensarlo, tampoco nos conocemos tanto, no llevamos ni un año conviviendo, y ahora, de repente, un hijo. ¿Cómo cojones se encaja? ¿Cómo quieres que seamos padres?

—De todas formas, no creo que tengas nada que decir. Es una decisión de ellas, Dani.

—¡Lo sé! —Abre mucho las manos—. Pero no hablo de abortar, hablo de tener hijos. Puedo decir lo que pienso, ¿no?

—Puedes decir lo que te dé la gana, pero no tienes nada que hacer.

—Oye, Marc, que quien la ha dejado preñada soy yo. Diría que como mínimo tengo derecho a hablar, aunque solo sea contigo, cojones.

Marc mueve la cabeza para darle la razón sin abandonar su expresión escéptica.

—¿Y de qué quieres hablar?

—Yo qué sé. Darle vueltas. Que quizá tener hijos es lo que toca, ¿no? Dejar de ser el puto centro de mi existencia, ¿no te parece? Quiero decir, ¿ya está? ¿Esto era todo? ¿El trabajo, el alquiler de las narices, conciertos, emborracharse con los amigos?

Así es como su vida pasa. Siente que lo que lo aleja de la banalidad es, sobre todo, vivir con Marta. Por lo demás, advierte que tiene treinta y tres años y, sinceramente, se descubre bastante mediocre. Le gustaría que no fuera así. Que el ideal de lobo solitario que ha ido esculpiendo a lo largo de los años, desde que se fue de casa, sostuviera un presente lo bastante ambicioso, que se bastara consigo mismo y con el inventario de todo aquello de lo que se ha ido rodeando. Pero hacía dos años que la vida ya había tomado aquella dirección, y ahora el embarazo lo sorprendía con la posibilidad de dar un paso adelante, de tener lo que ni siquiera sabía que podía desear.

Marc procura sopesar la maraña que tiene Dani en la cabeza, se esfuerza por encontrar las palabras que ayuden a mitigar la angustia, pero no se le ocurre más que preguntar con su torpeza habitual si follan a pelo o qué.

—Marc, tío…

—No te lo tomes a mal, hostia, quiero decir que ya tenemos una edad, coño, que tampoco hay para tanto. Créeme, haga lo que haga Marta, será la decisión correcta. Las parejas hacen eso, ¿no? Negocian las cosas que se supone que importan: dónde quieren vivir, si tú duermes en el lado derecho y yo en el izquierdo, si ColaCao o Nesquik, si hijos sí o hijos no. Vivir en pareja es sumergirse en un caos existencial, Dani. No es necesario analizarlo todo ni ser tan trascendental. Y no olvides una cosa: ellas ganan siempre.

Su tono es resentido. Sara lo dejó hace un mes y medio por su director de tesis.

—Además —añade, convencido—, es Marta, Dani, no es una desconocida.

«Un poco sí», piensa, y vuelve a adentrarse en sus recuerdos. No se lo dice, pero siempre ha tenido la sensación de que Marta aún esconde perlas, perlas que son parte de ella misma. Reacciones, pensamientos y soluciones que él nunca se espera. Que vive una vida pensante, que si te acercas mucho te electrifica con una especie de inteligencia hiperactiva. Las mujeres a las que había conocido antes de Marta se dejaban rescatar, redimir incluso. Le otorgaban la posibilidad de hacerlas flaquear por el hecho de ser mujeres. A Dani le parecía que ya les iba bien, tanto a él como a ellas, mantener estos papeles desgastados por la historia de manera involuntaria. Más que tener comportamientos concretos en las relaciones, lo que hacían era un baile de coreografías aprendidas. Pero siente la certeza de que a Marta nunca tendrá que rescatarla ni redimirla de nada, que ella se alimenta de un impulso diferente, que vive para adecuarse a la vida, no a él. Y le gusta ese punto de opacidad, que nunca se acabe de mostrar por completo.

Era una desconocida aquella noche, cuando se metieron en el ascensor para subir a la fiesta de alguien que cumplía treinta años, tan cerca el uno de la otra. Marta lo miró achicando los ojos para informarle de que, como no había podido comprar un regalo porque aún no había cobrado las fotos de los dos últimos artículos, lo presentaría como *stripper*. Que ese sería su regalo. Dani se vio atrapado en un tipo de broma que no soporta y la agonía debía de reflejársele en la cara, porque ella no tardó en acariciarle la mejilla con un dedo. «¡Eh, tranquilo, que es broma, hombre!» «Tell me the names of the lovers you had before I came along.» La melodía otra vez. La calma. Él le dio un beso instintivo. Ella se lo devolvió, guerrera y desinhibida. Sabor a pera de San Juan en los labios mojados de saliva fresca, la incredulidad, la euforia, la promesa de una fiesta, la piel de gallina, solsticio de verano, el deseo, la abundancia, mamíferos desenfrenados estrenando la temporada de apareamiento. Se abrieron las puertas del ascensor. La fiesta estaba más que empezada, y la música, altísima. Salía gente de todos los rincones. Marta saludaba aquí y allá, estallaban carcajadas y exclamaciones en la cocina. Alguien les dijo que podían dejar el bolso en la habitación del fondo. Ella le tiró de la mano y, una vez dentro, cerró la puerta. La música se amortiguó. Se dejaron caer en la cama, repleta de cosas de los demás invitados, se movían entre bolsos, fulares, cascos y alguna chaqueta ligera. Se orientaban en la oscuridad, los cuerpos como mapas desplegados con urgencia, la risa traviesa de ella y la rendija de luz debajo de la puerta. Según cómo se giraba, distinguía claramente su cara, la fisonomía ovalada que contenía aún toda la atracción de la incógnita. Él murmuró que no llevaba ningún preservativo. El silbido de la ese resonó por la habitación como un fuego de artificio lejano. «Es que no es el tipo de provisiones que uno coge cuando va a un concierto con su hermana», bromeó, pero ella ya había alargado el brazo por encima de la cabeza y abría su bolso para coger uno a tientas. Uno encima de la otra, la postura algo forzada por el reducido espacio que les dejaba la cama extraña llena de cosas ajenas. Eran como un accidente inevitable. El gesto exclusivamente femenino de ella, de los brazos doblándose sobre la espalda para desabrocharse el sujetador, y los dos pechos liberados de repente, sublimes, llenos de juventud y exultación. Una rodilla donde no tocaba, de nuevo la risa, y saber detenerse un instante y buscar el contacto visual en medio de la oscuridad. Guiarse por el tacto, olerse la piel por primera vez. Él la dejaba hacer, le bastaba con el roce del pelo en la cara, saber que era rubio, perfumado con un toque cítrico; le bastaba con pensar en lo que estaba pensando para encenderse. Para él todo fue muy rápido, explosivo, y cuando hubo terminado, Marta le confesó desternillándose que era un placer, que la había puesto a cien, de verdad, pero que fuera estaba una prima suya y que solo de pensar que podían pillarlos como conejos le daba la risa.

—Así es imposible concentrarse. Quedamos en que me debes uno, ¿de acuerdo?

Le cogió la cara con las manos y le dio un beso en la mejilla. La ternura que se le escapa siempre bajo la apariencia de amazona. Saltó de la cama y encendió la luz. Se vistió a toda prisa y se sacudió el vestido con las manos, se recogió el pelo y le tiró un paquete de pañuelos de papel.

—¡Date prisa! —le exigió con una horquilla en la boca, riéndose y rehaciéndose la coleta.

Se la colocó a un lado del pelo y tarareó: «Tell me the names of the children we'll have at the end of the line».

Tras estos tres días atado al palo mayor de su nave, se deja seducir por la falsa promesa. «Necesito pensar en todo esto.» Es tan fácil construir un deseo, darle forma, acostumbrarse a la belleza de su fantasma, y poco a poco instalarse a su abrigo... Es noche cerrada del lunes cuando el canto de las sirenas suena en un pub irlandés. Aunque la voz es la de Ulises. Dani canturrea a Mick Jagger. Entona la canción que de repente le parece una pieza clave en toda esta historia, y su amigo lo mira sin entender.

—Hostia, Dani. Estás acabado. Venga, vamos, que te acompaño a buscar un taxi. Vete a casa e intenta hablar con Marta.

Vuelve a llover. Se resguardan debajo de un balcón y esperan hasta que ven pasar un taxi. Lo paran y se acercan dando saltos para no pisar los charcos. Marc le dice que le llamará el miércoles y que si necesita algo ya sabe dónde está. Lo abraza rápidamente y le da unos golpes fuertes en la espalda. Una muestra de cariño robusta, un intento de caricia para ofrecerle algo de paz.

—¿Qué crees que pasará? —pregunta Dani desde el asiento trasero.

Tiene las gafas salpicadas de minúsculas gotas de agua. Se las quita y las seca con el borde de la camiseta. Marc se ríe con la tranquilidad de quien cree que en los tics neuróticos de su amigo siempre hay una considerable dosis de teatro. No imagina la sinceridad de la pregunta, cuánta angustia y cuántas dudas.

—Va, Dani. No es una buena pregunta.

Se pone las gafas y todo se enfoca. Tampoco necesita respuesta; más que nunca, tiene claro que pasará lo que Marta decida que tiene que pasar.

Ella

Convertirnos en la persona que otro ha imaginado por nosotros no es libertad, es hipotecar la vida por el miedo ajeno.

Si no podemos imaginar al menos que somos libres, vivimos una vida equivocada.

DEBORAH LEVY,
*Cosas que no quiero saber**

* Traducción de Cruz Rodríguez, Barcelona, Literatura Random House, 2019.

El rastro de una fiesta de cumpleaños finalizada. Serpentinas esparcidas por todas partes, siete velas sopladas, los platos de cartón con trozos de pastel abandonados y los globos medio desinflados que, cada vez que su madre abre la puerta y entra para recoger algo de la mesa, se alzan levemente del suelo con la tranquilidad de haber logrado su meta. Las niñas están en la habitación. Su madre le dejó elegir a hasta tres amigas de la clase a las que invitar a la fiesta, y ella añadió dos nombres de niños. Eloi, porque nadie lo invita a las fiestas. Un día del primer trimestre en que fueron de excursión con la clase a recoger castañas se le escapó el pipí, y ella le dejó su jersey para que se lo atara a la cintura y le tapara el culo empapado con la mancha delatora. A Marta le da pena porque, a pesar de su intento fallido de encubrir aquel «accidente natural», como lo llamó la profesora, todo el mundo se enteró de que el pobre Eloi se lo había hecho encima y fue el hazmerreír de la clase durante el resto del curso. La crueldad infantil de la que Marta siempre huirá. La crueldad sin filtros, aterradora y clavada en la nuca de todos los Eloi del mundo subiendo la escalera hacia el aula, cabizbajos. Recordarán la salvajada inocente cuando sean directivos, carniceros, repartidores, libreros, abogados o padres en paro de pequeños Eloi. Todo lo que es accidental heredado sin ningún sentido de la justicia. Los hijos divertidos de los demás, pequeños demonios en los que apenas pensará cuando sea una mujer guapa que se perfumará la parte interior de las muñecas con el mismo perfume fresco durante muchos años.

El otro niño invitado a la fiesta fue Edu, que tiene mucha fuerza y los ojos muy negros. Se gustan un poco, a veces se dan la mano a escondidas y además la deja jugar al fútbol aunque los demás niños griten: «¡Niñas no!». Edu y Eloi se han marchado hace rato y por fin pueden meterse todas en la habitación de Marta con la libertad y la intimidad que requieren determinadas cuestiones. Rodeada de peluches, una niña pelirroja está tumbada en la cama con las piernas levantadas en noventa grados. Las otras dos, disfrazadas de médico y enfermera respectivamente, le dicen que ya falta poco, que haga un poco más de fuerza. Marta está sentada en el suelo y se ríe mirándolas de reojo. Se enrosca los cordones del zapato en el dedo índice hasta que se le queda blanco de tanto como aprieta. Suda un poco, como cuando está nerviosa en la sala de espera del pediatra. La pelirroja finge que le duele mucho y grita hasta que se saca un muñeco de debajo del vestido. Aplauden. Meten en la boca del muñeco un biberón de plástico que contiene un líquido blanco.

—Todo ha ido muy bien —dice el médico—. Ahora te coseremos.

La parturienta pelirroja da un salto de la cama y mientras se abrocha la hebilla de una sandalia dice:

—Venga, Marta. Ahora te toca a ti. ¡Hacemos ver que tienes gemelos!

Le pasa el muñeco y un conejo de peluche. Marta suspira y les dice que no le apetece. Que por qué no juegan al escondite. Que si quieren para ella. Las otras refunfuñan un poco, pero al final ceden. Ha sido una buena fiesta.

Por la noche, cuando sale de la bañera, estrena el albornoz que le han regalado sus hermanas, con su nombre bordado en la espalda en letras rojas. Es su color preferido. Su madre le dice que acabe de peinarse sola, que tiene algo al fuego. Marta se queda delante del espejo pasándose el peine por el pelo rubio y enredado. En el espejo hay una niña que deja atrás los seis años de risas, de intentos de hacer la rueda, de la voz de su padre contándole el cuento antes de dormirse, del miedo a la oscuridad, de la lámpara con forma de luna que le dejan encendida en la habitación, de la profesora que le dice que no hable tanto en clase y de no querer ponerse lazos en el pelo. La misma niña que a lo largo de estos siete años que ahora estrena pintará con ceras, irá de vacaciones a Berlín con toda la familia, arrugará la nariz cada vez que su madre tenga que recordarle que cierre las piernas para no enseñar las bragas cuando hace el puente, la vertical, cuando se columpia, cuando hace gimnasia rítmica y juega a ser Kimberly Hart, de los Power Rangers; este curso ya llevará la bata de la escuela de cuadros rosas y blancos, y con la cintura más entallada que la de cuadros azules y blancos que llevan los niños, y, más por hacer lo que hacen las demás que lo que ella desea, se unirá a la cantinela que repiten todas las niñas de la clase a la hora del patio, cogidas por los hombros y levantando las rodillas: «¿Quién quiere jugar a papás y mamás?». La misma niña que el día de su séptimo cumpleaños, tras una ducha reconfortante, se abre el albornoz nuevo y a continuación estrena también una representación social del papel de madre que han marcado antes sus amigas en la sala de partos improvisada: se coloca una toalla arrugada a la altura de la barriga. Vuelve a anudarse el cinturón y se observa de perfil en el espejo. Se lleva una mano a la zona baja de la espalda y saca barriga haciéndose la embarazada, pero cuando le gritan que la cena está lista, tira la toalla al suelo, la abandona con desdén y sale escopeteada con una sonrisa de oreja a oreja. Siempre tendrá hambre y un hueco para la repostería de su abuela Jutta. Mientras tenga siete años, imitará a sus hermanas cuando ríen, cuando caminan y cuando hablan de chicos. Aprenderá a eructar y a hacer globos con chicle. Empezará a asistir a clases de alemán. A partir de ahora sabrá declinar y, sin darse cuenta, utilizará el nominativo, el acusativo y el dativo, y una vez interiorizados, se le meterá en la cabeza y cantará «Mein Hut, der hat drei Ecken» en todos los ratos muertos: cuando se lave las manos hasta dejar muy fina la pastilla de jabón, mientras su abuelo pegue las fotos del verano en el álbum; cuando espere el ascensor, o cuando acompañe a su padre a lavar el coche y aquellas bayetas gigantes de colores giren por encima del vehículo y ellos dos queden debajo de la espuma blanca jugando a que huyen de un alud. Siempre se salvarán. Su padre siempre la apoyará en todo. Ella le contará cosas que nunca contará a su madre. Será una niña salvada en una familia feliz. Cuando crezca, se esforzará por encontrar siempre esa felicidad fácil y jovial. Con la primera regla, su madre le hablará con una emoción que no se corresponderá con su repulsión y la molestia que ella siente, y la alertará de lo que parece ser el peligro infernal de todas las niñas: la posibilidad del embarazo. Si esto es así, ella creerá que el margen de tranquilidad en el cuerpo de una niña habrá sido injustamente breve. Tendrá los dientes blancos y bien alineados, suspenderá matemáticas año tras año y tendrá la necesidad de moverse en todo momento. Bailar, cantar, huir y hacer deporte. Se moverá por Barcelona en bicicleta y nunca le dará pereza nada. Llevará sombreros de ala corta, boinas, botas militares con faldas largas y románticas compradas en el mercadillo de Boxhagener, y relojes de hombre, siempre procurando seguir un estilo propio que parece querer anunciar su obsesión por pertenecer a otro lugar. No sabrá cocinar ni peinarse bien. Será despierta y preferirá el día a la noche, y el verano al invierno. El hecho de no tener demasiados miramientos con respecto a con quién se acuesta durante la primera juventud tendrá que ver con el gusto que sentirá por el placer, y sin embargo, será el placer lo que le hará arrastrar siempre una especie de sensación de inseguridad, como de haber hecho algo mal. Hija de su generación, más adelante celebrará siempre que las normas hayan quedado sustituidas por las posibilidades, y preferirá los hombres a las mujeres, aunque en la universidad besará con lengua a una compañera de tecnología de la imagen digital. Un día probarán a acostarse, pero cuando se queden desnudas la una delante de la otra, les resultará demasiado extraño, y entonces volverán a vestirse muertas de risa y acabarán compartiendo una pizza en un italiano, donde comentarán emocionadas el triunfo de Barack Obama en la Casa Blanca y cantarán: «Yes, We Can», de will.i.am mientras estiran los hilos de la mozzarella formando guirnaldas infinitas de felicidad. Estará convencida de ser una mujer libre.

14

Era primavera, y el mar todavía no lucía el azul intenso del verano. El agua estaba agitada por una *tramontana* que no tenía ganas de guerra, pero que conservaba la bravura y la habilidad de despertar el deseo y la luz estivales. El día que fueron a recoger a Rufus a la protectora de animales, aún no era época de pelos aclarados ni de cuerpos tostados con franjas más pálidas en las nalgas y los pechos, pero Marta ya hablaba de las vacaciones mientras conducía hacia Santa Cristina d'Aro bordeando la costa.

Era una época de calma emocional absoluta. La única lucha farragosa y eterna, convertida en norma e irremediablemente asumida, era enlazar un trabajo con el siguiente, pero, al margen del ámbito laboral, la vida solo consistía en la tarea asequible de llenar los días de nervio y de anhelo. Desear el verano no es más que un mecanismo de adaptación al invierno y a los tiempos inhóspitos.

Su padre les había dejado el coche con la promesa de devolvérselo sin el menor rastro de perro, y habían forrado la parte trasera con una sábana y un montón de toallas viejas. La noche anterior se habían metido en la cama con una sensación similar a la euforia de quien sube una cima o conquista un territorio por primera vez. Habían decidido el nombre jugándoselo a cara o cruz. Toda esa energía que otorga el poder de sentar las bases de algo. Era un perro, no un hijo, pero sin ser conscientes de ello jugaban con los tics heredados de las paternidades y las maternidades: la ilusión, las incertidumbres y el objeto de deseo. Las posibilidades limitadas de las parejas monógamas de larga duración que, en un momento u otro, se reproducen. Mientras Marta conducía, él divagaba, divertido, sobre cuánto tiempo tardaría el animal en conquistar todos los espacios prohibidos que ella acababa de enumerar. La abuela berlinesa de Marta había tenido teckels, y una vez, cuando ella tenía diez años, le contaba ahora con las manos en el volante y la mirada clavada en la carretera, había acompañado a su abuelo a cazar con un montón de perros que se metían en los agujeros y hacían salir a la presa como alma que lleva el diablo. «Pero eso no te convierte en experta, cariño. Me juego lo que quieras a que pasado mañana Rufus duerme con nosotros encima de la cama.»

Estaban contentos y nerviosos. Era una emoción infantil, de dos adultos que después, como un ritual, subirían a Instagram fotos del nuevo miembro de la familia. Les resulta impensable manifestar entusiasmo si no lo muestran y lo exponen. Debajo de la foto que subiría él de un primer plano de la cara vieja y sabia de Rufus, añadiría el comentario: «Este es el principio de una bonita amistad», y dudaría un buen rato de si añadir o no la referencia a Rick Blaine interpretado por Bogart en *Casablanca*. Como temía parecer pedante, lo dejó citado solo entre comillas. Debajo de la imagen que subiría ella, en la que aparecerían Dani tumbado en la playa con las manos entrelazadas detrás de la cabeza y el animal moviendo la cola con una rama en la boca, escribiría, reprimiendo la risa: «Dani el perro, Rufus el humano. Nueva etapa». La línea de su vida convertida en un álbum de fotos selectivo lleno de vivencias reales y otras más mesuradas, pero, en cualquier caso, en aquel momento eran ellos de verdad con la ilusión sincera de haber adoptado a un perro viejo. Nunca antes habían compartido nada que hubiera generado cariño con tanta franqueza.

Marta abre la puerta del piso procurando no hacer ruido. Es la una y media de la madrugada. Después de enviar unos cuantos mensajes a Dani y no recibir respuesta, ha decidido marcharse del piso de su amiga y volver a casa. Lo conoce lo bastante para deducir que debe de estar hecho un lío. Deja la chaqueta y la bufanda en la banqueta de la entrada. Se desabrocha los vaqueros, hastiada y cansada. Se coloca la mano en la barriga, caliente, y clava los dedos a la altura del bajo vientre. Emite un ligero sonido, como de animal asustado escondido detrás de los arbustos. La mueca de dolor responde a los pensamientos que la someten a un sufrimiento moral desde esta mañana. «Vete, por favor, vete.» Está despeinada y lleva la parte de arriba del pijama debajo de la sudadera. El perro la recibe moviendo la cola y le huele las piernas y las manos. Ella hoy lo acaricia diferente. Se queda un buen rato rascándole el cuello despacio con la mirada perdida más allá del pasillo. Rufus espera, pero su dueña no avanza. El piso le parece gris y lúgubre. Habría agradecido encontrar la luz del escritorio de Dani encendida, pero todo está a oscuras.

—¡¿Dani?!

Grita con fuerza a pesar de la hora que es, y en el grito hay un terror que la anula, un terror nuevo al que no está acostumbrada. Se le hace cuesta arriba adentrarse en el pasillo y enfrentarse al silencio, a lo que queda de noche, a todo lo que conecta universos, posibilidades e indecisiones. Se da unos golpecitos en los muslos, y el perro levanta las orejas y luego se tumba en el suelo con las patas delanteras estiradas. Recuesta la cabeza, grande y solemne. Se hace el ofendido porque lo han dejado solo muchas horas. Quiere ablandar a ese ser humano arqueando la ceja interna y agrandando el ojo, dejando a la vista el blanco ocular y formar así la eterna mueca de niño pequeño que siempre los hace caer rendidos. Pero la sofisticación facial dura pocos segundos, ya que los golpes en los muslos delante de la puerta de entrada siempre se traducen en un paseo. Se acerca con sus andares de cadera maltrecha y antiguas heridas de unos déspotas que hace años lo abandonaron en la cuneta de la autovía C-65. Marta siempre se estremece al recordar la explicación del veterinario de la protectora. Quisieron empezar a borrarle la mala vida pasando el primer día juntos en la playa en lugar de volver inmediatamente a Barcelona. Les pareció que el mar para ellos tres solos solo podía ser un buen inicio para un perro viejo. Se instalaron en una pequeña cala cerca de Sant Feliu de Guíxols resguardada del mundo. Marta se había llevado la Canon. No tiene una cámara preferida. Se considera una persona fiel, pero no con las cámaras. Son su herramienta de trabajo, y cada reportaje exige un tipo de cámara diferente. De la Hasselblad está enamorada, pero le pareció que el primer día con Rufus estaría muy pendiente del perro y de sus movimientos, así que al final se llevó la japonesa, que tiene una manera de explicar las cosas más dinámica. Conserva las cámaras de las personas a las que ha querido, una Nikon de su abuelo paterno y una Fuji de un antiguo profesor del Centro de la Imagen y la Tecnología Multimedia de Terrassa, con el que compartió ratos inigualables y conocimientos, y con quien también intercambió saliva y otros fluidos. De hecho, el objetivo de la Fuji la ha visto y fotografiado desde todos los ángulos posibles. Nunca la utiliza, pero cree en la magia de los objetos.

Fue Marta quien tuvo la idea de adoptar un perro. Preveía que la entrada del animal en su vida le reportaría una calma que necesita, una especie de equilibrio que no encuentra y del que no ha hablado con nadie. Ni siquiera con Dani. No se siente culpable de su silencio, cree que muchas veces es del todo necesario para conservar la conexión íntima consigo misma, que solo consigue cuando está sola. Cree que hay cosas que únicamente son de una y que cuando se expresan en palabras para comunicarlas a un receptor, pierden el verdadero peso que tienen mientras solo son torrentes mentales infranqueables. Que si se dicen a menudo se entienden mal y generan una atención que la incomoda. Detesta que la compadezcan y detesta también perder su intimidad. Lo más cerca que ha estado de decírselo a Dani fue aquel día en la playa. Soplaba un viento frío que se había llevado todas las nubes y les regalaba ahora un cielo azul extendido sobre la arena. Estaban tumbados, acariciaban al perro, se habían subido el cuello de la chaqueta para protegerse del frío; tenían las mejillas rosadas por las ráfagas de viento, los ojos brillantes; el pelo se les iba a la cara y de vez en cuando se regalaban un beso. Extrañamente edulcorados, para como ellos son, llamaban a Rufus y le lanzaban un palo. El animal se había cansado. Las emociones pueden ser agotadoras, tanta atención inesperada lo había dejado exhausto y por fin dormía plácidamente a los pies de aquel hombre y de aquella mujer que olían a bondad y a hogar. Marta le frotaba la cabeza con un movimiento lento y ancestral que transmitía un sentido de cuidado, de protección, de lo que ella cree que debe ser el amor. Ella conocía aquella sensación. Ya la había sentido antes, unos años atrás, en Sudán, adonde la habían enviado los de la revista alemana con la que suele colaborar para hacer un reportaje fotográfico de uno de los campos de refugiados de Darfur habitado mayoritariamente por mujeres y niños. Había una madre esbelta sentada en un taburete. Tenía un aire serio, arisco y preocupado. Iba cubierta de la cabeza a los pies con una tela de color verde. Con una mano sujetaba a su escuálida hija y con la otra mano, abierta, enorme y de largos dedos, le acariciaba la cara y la cabeza. Una enfermera acababa de administrar a la pequeña una vacuna, y la cría lloraba desconsolada. La madre repetía el movimiento de la mano una y otra vez, y al ver que la pequeña no dejaba de bramar, de repente, sin perder el aplomo, empezó a susurrar repetidamente una palabra sonora y breve. Fue entonces cuando Marta disparó. La manera como la madre calmaba a la niña, como los lloros iban convirtiéndose en sonidos débiles y quejumbrosos, y el vínculo único que había entre ellas dos a través de las miradas la interpelaron profundamente. Llegó consigo misma a un respetuoso pacto de silencio respecto a aquella sensación, que la invadiría en contadas ocasiones.

Los honorarios que Marta cobró de la revista por el reportaje habían sido ridículos, aunque tuvo cierta repercusión que supuestamente iba a darle visibilidad; ya se sabe lo que pasa con la visibilidad como moneda de cambio, y quizá por eso, aunque se sentía muy orgullosa de la imagen de la madre y la niña, no les entregó el archivo con el fotograma, como si la madre de verde y su hija afligida no hubieran estado en el campo de Darfur, como si las hubiera salvado de aquella vida yerma y hubiera preferido guardarse el recuerdo solo para ella. Un sentimiento convertido en imagen y una imagen convertida en un lugar al que volver de vez en cuando, cuando tuviera que enfrentarse con el pensamiento de la maternidad que su género obliga a tener. Guarda una copia impresa en una caja donde se asegura de que las cosas de valor no se pierdan durante los traslados y las mudanzas.

Lo que sintió entonces tenía nombre, sin duda, pero se convencía de que era mejor no identificarlo con ninguna palabra que figurase en el diccionario, y tampoco con ninguna expresión de las muchas que determinan ciertos instintos. Creía que poner nombre a los instintos los convertía en una declaración política, una construcción social. Es terca con sus instintos. Los controla y los deja libres bajo una dirección impecable. Proyecta la imagen de mujer extravertida, y su buen humor suele ser real, pero es una estratega nata y sabe cómo reservarse con recelo lo que no quiere mostrar: la duda y el miedo. Aquella tarde en la playa, acariciando al perro y con un hombre a su lado que le gustaba y que estaba durándole más que ningún otro, estuvo a punto de hablarle de lo que podían plantearse algún día si seguían juntos. Al menos, de sus dudas. Pero le parecía que aquel planteamiento no era una experiencia más por consumir, que tener un hijo era algo que había que asimilar, y que todo a su alrededor, el tejido social y político, e incluso la emergencia climática, la incapacitaba para convenir que fuera correcto criar a alguien en aquellas condiciones. Tener hijos chirría bajo el peso del declive de Occidente. Es cierto que su aproximación al fotoperiodismo también hacía que a menudo le pareciera que tener hijos era una visión de futuro claramente optimista, fantasiosa y alejada del mundo catastrófico provocado por el mal crónico que el hombre iba dejando a su paso. Se daba cuenta de que las imágenes que publicaba en la revista acababan convirtiendo las tragedias en una serie de fotografías que solo despertaban discusiones estéticas en los habitantes de sociedades anestesiadas contra la moralidad. Todas aquellas guerras y la miseria y el dolor consecuentes ante los cuales ella nunca se inmunizaría eran de una evidencia estratosférica. Todo aquello estaba ahí, a la vista de todos; le costaba creer que no fuera tan evidente para la mayoría, y no obstante sentía que no poseía la fuerza moral y física que se precisaba para traer un hijo al mundo.

Y al margen de si era o no ético seguir poblando un planeta que estaba agotándose, también había otra cosa que percibía como muy suya: el derecho a pensarse como mujer sin tener que procrear por una cuestión de pura biología. Cuando justo después de estas reflexiones sentía que algo similar a la mala conciencia pisoteaba este derecho, se apresuraba a decirse que aún tenía mucho tiempo, con toda probabilidad años, para mirarse en el espejo y entender una parcela que consideraba personal e íntima. Seguramente por eso, el día de la playa, cuando la invadió un impulso de ternura acariciando al perro, se mordió la lengua y no dijo nada a Dani. En aquel momento no podía imaginar que un comportamiento tan poco sofisticado como practicar sexo, que vincula a toda pareja, podría tener una repercusión tan devastadora: en un abrir y cerrar de ojos, toda la teoría que durante años había ido acumulando para construir su muro de defensa se había transformado en papel mojado. Podía no seguir adelante con el embarazo y continuar defendiendo sus convicciones; de hecho, aún cree en ellas. Además, se considera una persona muy coherente, una persona de principios, pero si no opta por el autoengaño, delante del espejo las cosas se tuercen. En el reflejo aparece un reproche, una culpa, una esencia de mujer irresponsable, una mujer que no planifica. Una mujer que se queda embarazada no solo sin querer, sino también sin desearlo. Creía que era una adulta de la cabeza a los pies. Que esos pensamientos formaban parte de la madurez a la que claramente se dirigía desde que había cumplido treinta años. Sentía que cada vez se acercaba más a la mujer que quería ser, segura y tenaz, una persona con carácter, personalidad y las cosas siempre muy claras; y ahora, de repente, una raya rosa, una microinformación lo ha hundido todo bajo sus pies, el suelo que pisaba con firmeza se ha convertido en arenas movedizas sobre las que no consigue mantenerse en pie. Es una matrioska, y dentro de ella está la mujer que descubre que toda aquella teoría que había estudiado con detalle, como quien elabora un mapa con coordenadas, ahora le sirve de bien poco; está también la chica festiva que quería comerse el futuro de un solo bocado y que ahora se acusa de irresponsable. «Qué estúpida soy», murmura mientras se clava las uñas en el bajo vientre. Está la niña pequeña asustada, perdida en un bosque de sombras y dudas, a la que da miedo el dolor físico, la intervención clínica y el castigo que ya siente que ella misma se impone; y finalmente, aunque no por eso menos importante, nota que dentro de ella habita la muñeca más pequeña, una vida embrionaria, pero aún sin entidad propia; algo en espera, solo un trozo de carne extra en su interior, como descubrirse de repente un lunar, una mancha de calcio en la uña o un bulto de grasa; un cuerpo extraño que ha generado su propio cuerpo y que, por lo tanto, debe poder quitarse. Es el minúsculo latido lo que la confunde. Para la muñeca con latido no tiene palabras. Es silencio. Si pudiera fotografiarla dentro de ella, en la oscuridad del misterio que representa, utilizaría un tiempo de obturación muy largo para poder capturar todo lo que pasara en esos segundos e intentar entender cómo es posible. El latido dentro de ella. La angustia y otra cosa que no sabe identificar, pero que no es destructiva. A pesar de todo, sería capaz de saltar del muro más alto si así detuviera la pulsación que resuena en su interior y que no siente suya.

15

Vuelve a ponerse la chaqueta y la bufanda con gestos bruscos y baja a la calle a pasear a Rufus. Camina muy deprisa, preocupada y enredada en la especie de rabia que se siente cuando uno cree que podría haber evitado un desastre. Automáticamente aparece algo similar a la culpa. No es alguien a quien la vida acostumbra ponérsele superlativa. Le gusta dar la importancia justa a las cosas, pero a medida que pasan las horas va descubriendo que el hecho de llevar una vida dentro sin haberlo previsto ni deseado es lo bastante significativo para perder los nervios.

Las calles están vacías y solo se oye el ruido de sus pasos contra el asfalto, pero cuando llega a la plaza de las Navas, a pesar del frío y de la hora que es, encuentra a un grupo de gente alrededor de un banco. No se atreve a mirarlos con detenimiento, y tampoco tiene ningún interés en hacerlo. Diría que hacen correr alcohol y drogas, pero solo se guía por los sonidos y las apariencias; forman un círculo cerrado, tosen; ve la llama de un mechero, capuchas y litronas que tintinean. El perro hace que se sienta segura. Cree que todo irá bien. «Todo irá bien, Marta. Pasa cada día miles de veces. Tiene que ir bien.» Podría referirse a todo. Al miércoles, o quizá a la vida después del miércoles. A hablar con Dani. Podría referirse a cruzar aquella plaza de cemento inhóspita. Se enciende un cigarrillo con las manos heladas. Se topa con una escultura de bronce de Joan Rebull. Sabe que siempre ha estado ahí, es observadora y se fija en el paisaje urbano, pero aun así no acaba de creérselo. Quizá ya lo había leído alguna vez, pero en ese momento le parece que no. Ha pasado cientos de veces por la plaza, el veterinario de Rufus está justo en la esquina, pero nunca se había fijado en que en el mármol que sostiene la figura de la madre sentada con su hijo de pie al lado pusiera «Maternitat». El niño ya es mayor, seis o siete años, está desnudo, y la madre le posa una mano en mitad de la espalda. Entrelazan el otro brazo, como si la madre lo acogiera. Las dos figuras la azotan, y la contundencia de los volúmenes de la escultura y su ausencia de emoción hacen que la perciba sin un ápice de ternura. Se niega a mirar al niño, se niega a pensar en nada que implique a alguien que no sea ella. Se queda observando la madre de bronce unos instantes, fijamente, con mucha fuerza, como si estuviera dotada de algún poder para hacer desaparecer la figura del niño de al lado. Echa el humo a la cara de la madre, que es toda serenidad e impunidad. El humo adquiere formas fantasmagóricas, pasa por encima de los volúmenes de la escultura. Oye el sonido que produce el viento en las palmeras. Da una última calada entrecerrando los ojos, profunda, hiriente, dispuesta a romper cualquier inicio de relación mística con el feto. No sabe si lo consigue. Ni siquiera sabe cómo ha podido colarse dentro de ella la sombra incómoda de una criatura. Está convencida de que, de no haber sido por Dani, por cómo inesperadamente le ha puesto una mano cupular sobre su vientre esta mañana, con la desaceleración y el cuidado propios del aterrizaje de un paracaídas, habría conseguido creerse que la decisión tomada era para librarse de un embarazo, no de un hijo.

Enfila la calle y deja atrás los sonidos sórdidos y la desolación de la plaza. Un gato se acurruca debajo de un coche aparcado. Presenciar la fauna nocturna siempre es un aviso de la frágil frontera que separa lo que uno es del potencial peligro de lo que podría llegar a ser, y sin embargo siente que, ahora mismo, ella es un estado transitorio con todas las fronteras aniquiladas.

Cuando toma la calle Blai, Hasad, el propietario del kebab al que suele ir con Dani, está fregando la parcela de acera que corresponde al restaurante. Dentro hay otro trabajador, barriendo. Marta tiene que hacer un esfuerzo titánico para mirarlo a los ojos y saludarlo como suele hacer. Los conoce de vista y sería raro no decir nada dadas las circunstancias: se los encuentra de frente mientras camina sola a las dos de la madrugada, y ellos apuran las últimas fuerzas para dejar el local a punto para mañana. El propietario, que es turco, lanza besos al aire muy rápido para llamar la atención del perro, que se acerca a él jadeando y moviendo la cola.

—¿Es niño o niña? Nunca recuerdo.

Ella tarda un momento en relacionar la pregunta con Rufus, y entretanto la memoria la retiene en otro lugar durante unos segundos que no forman parte del tiempo relativo y aparente, sino de un tiempo absoluto y verdadero, un lugar en el que tiene cabida el recuerdo del universo femenino de su casa. Cuatro mujeres: el tendedero lleno de bragas y sujetadores, y solo de vez en cuando unos calzoncillos del padre, los intercambios de ropa, las horas colgadas al teléfono, las broncas por la consiguiente factura, la plancha del pelo, los cantantes del momento forrando las carpetas, la cera de depilar, las conspiraciones antes de ir a dormir, los tampones, las compresas, las dietas pegadas en la nevera con un imán, las muestras de perfume, los apuntes limpios y las caligrafías claras, amigas a todas horas, la inseguridad con el propio cuerpo, pasos de baile, rímel en las pestañas, y su padre esperándolas despierto cuando volvían de la discoteca. Podía ser que fuera una niña, aún no se le había ocurrido pensar en el género.

El día en que nació su primer sobrino, que acaba de cumplir cinco meses, Marta se emocionó cuando vio a su hermana con un rostro renovado, como si la bondad y toda la paz del mundo se le hubieran instalado bajo la piel y ya no fuera la adolescente remilgada con la que tanto se había peleado cuando compartían habitación. Solo después de haberle dado muchos besos a su hermana se fijó en el niño que dormía en la cuna del hospital. Su primer impulso no fue correr a tocarlo o a admirarlo, sino observar el pequeño bulto desde cierta distancia, de puntillas y sin soltar en ningún momento ni el bolso ni la cámara. Le sorprendía tanto el velo de candidez de su hermana que no pudo evitar hacerle muchas más fotos a ella que al bebé. De repente se vio atrapada en ese mito capaz de nutrir la maternidad. Se da cuenta de que algo de verdad escondía. Toda aquella bondad, aunque solo fuera transitoria, como una versión más tierna y amable de sí misma, de sus hermanas y de su madre. Había que cambiar el pañal al pequeño, y su hermana le preguntó si quería encargarse ella. Se apresuró a decir que no y luego se escondió detrás de la cámara, su zona de confort, el mundo acotado, la realidad limitada a la búsqueda de lo especial, bello y digno de ser congelado en una imagen; pensaba que no era necesario dejar testimonio de los sentimientos encontrados que despiertan en ella los niños, y temía que de un momento a otro empezaran a soltar todas sus flechas envenenadas sobre el tiempo de cocción del arroz y los relojes biológicos. Detrás de la carcasa de la cámara, encuadrando las situaciones por el visor, podría calibrar mejor la tensión que sentía cuando estaba en familia y salía el tema de la edad. Por suerte, con el nacimiento de su sobrino, la atención no parecía recaer en ella. Colocaron al bebé en medio de la cama para cambiarlo. Las mujeres de su vida, de las que creía que conocía todos los detalles, habían mutado con aquel nacimiento. Se habían convertido en unas desconocidas que parecían danzar entre suaves onomatopeyas propias de un claustro o de una biblioteca. La delicadeza se había apropiado de los movimientos, de las palabras y del aire de la habitación del hospital. Cuando Marta vio los testículos del bebé, no pudo evitar soltar: «¡Uau, nena, qué semental!». Su madre le dijo: «Marta, por favor» alargando mucho la o, y todas se rieron. Su hermana, convaleciente, les pedía que pararan, que se le saltarían los puntos si la hacían reír tanto, y al verlas a todas radiantes, formando un corro alrededor de aquel ser tan pequeño que agitaba las manos con espasmos, pensó en *La danza* de Matisse, en el sentido tribal de las mujeres de su familia celebrando la liberación emocional ante la llegada del nuevo miembro, aquel sentido de pertenencia que a ella se le rasgaba un poco por la presencia de los tres kilos de existencia que atraían tantas miradas enamoradas.

Se acercó con el objetivo de ochenta y cinco milímetros para poder hacer fotos de muy cerca. Le fascinaron los labios del niño con las almohadillas de succión para hacer el vacío alrededor de la aureola de los pechos maternos, los relieves rosados preparados para la anatomía de la madre como dos piezas de puzle que encajan a la perfección. ¿Era eso?, se preguntaba. ¿Eran la anatomía y la biología de su género lo que reverberaba siempre en el alma de las mujeres, a la espera de una decisión tan crucial como tener o no tener descendencia? ¿Hacerse responsable de otra persona de por vida, más allá de sí misma?

Entonces la flamante abuela le arrancó la cámara de las manos, le puso al animalito en los brazos y, sin que nadie le hubiera dado instrucciones de cómo funcionaba la maquinaria, Marta se encontró haciendo la cazuelita con una mano para sujetar la cabeza de su sobrino, mientras con el otro brazo se ayudaba para custodiar el cuerpo ligero. Parecía un muñeco relleno de plumas, no pesaba nada. Fue la fragilidad y el olor a madriguera caliente lo que le hizo cerrar los ojos un momento para ordenar el caos que aquella ola había dejado a su paso. Algo primitivo que hizo brotar su voz, siempre medio rota, para entonar en un murmullo «Der Mond ist aufgegangen», la canción de cuna que forma parte de la arqueología de las voces familiares que más aprecia. «Die goldnen Sternlein prangen am Himmel hell und klar.» Su voz se arremolinaba por la habitación mientras las demás mujeres hablaban distraídamente de algo relacionado con el mundo exterior. Habría querido gritar que la abrazaran, implorar que la fotografiaran, que captaran aquel instante para que ella pudiera estudiar después la imagen de sí misma desde una distancia prudencial; ella, que siempre había intuido que no quería o no sabría ser madre; pero solo pidió con urgencia que alguien le cogiera a la criatura, que le parecía que con la tensión se había contracturado el cuello. Todas volvieron a reírse. Hay cosas que en las fotos son invisibles, sensaciones pasajeras que los demás nunca podrán captar.

No conecta con la realidad hasta que el turco con la piel de color oliva alarga el cuello para mirar los bajos de Rufus, y entonces ella le contesta:

—Macho, es un macho, pero está capado.

Hasad, con una mirada paternalista, le dice que si está capado no es un macho macho, y que, por lo tanto, no debería ir sola por el barrio a estas horas, que justo antes de cerrar ha habido una pelea allí mismo entre dos chicos que intentaban vender hachís y cocaína. Que está harto de los norteafricanos, que a veces entran e intentan vender la droga en el local, pero que él tiene a sus amigos. Que si alguien lo tocara, todos los propietarios de los comercios se reunirían y lo ayudarían. Que los turcos son así, le dice, «Nos mantenemos unidos». Ella se siente demasiado cansada para contestarle que sabe defenderse sola y que ahora mismo le gustaría ser turca para sentir que se mantiene unida a algo, a la vida de antes de la prueba de embarazo, pero solo hace un gesto condescendiente con los labios. Se da tres golpes en los muslos, y Rufus se acerca, obediente, fiel, protector, y sin saber que han puesto en duda su virilidad, acompaña a aquella hembra a casa andando muy cerca de ella. Ya hace tiempo que sus receptores olfativos le hacen estar más alerta con la mujer que lleva días sin reírse. Y echa mucho de menos la energía que desprendía antes, los juegos y su optimismo.

16

Cuando llega a casa después de pasear al perro, la lámpara del escritorio de Dani está encendida. Se trata de un código íntimo que han adquirido este último año sin haberlo verbalizado. Cuando uno llega tarde y el otro todavía no ha vuelto, antes de irse a dormir deja la lámpara del escritorio encendida, un deseo de bienvenida, de tranquilidad. Han aprendido a tenerse en cuenta el uno a la otra. Son jóvenes en el sentido de que se conocieron antes de haber llegado al ecuador de la vida; así pues, aún están a tiempo de asistir a los inicios de una amistad importante, de adquirir fácilmente la habilidad necesaria para construir una relación de pareja. A menudo, la lámpara encendida adquiere la función de una bombilla roja por encima de la puerta que destila deseo e invita al otro a la fiesta erótica, y cuando todo ha pasado, extasiados, hay besos, cada vez más besos. Es la ternura, que ha ganado casi todo el terreno de los cuarenta y cinco metros cuadrados del piso que al principio solo compartían y que van convirtiendo en hogar a medida que los meses pasan y dejan atrás la provisionalidad. Pero esta madrugada, el punto de luz cálida que ella ve desde la entrada es un faro, una referencia que guía a la navegante en su mar de dudas. Seguramente, la idea de hogar sea esta, una luz que siempre te espera encendida en algún lugar. Cuando avanza hasta el dormitorio y asoma la cabeza por el marco de la puerta, oye la respiración profunda de Dani. Se permite relajarse, encerrarse en el baño, convertido en confesionario, dejar correr el agua hasta que esté muy caliente y quitarse la ropa muy despacio. Se pregunta si esta circunstancia nueva en sus vidas, la cosa germinal que crece dentro del cuerpo de ella y dentro de la cabeza de él, moderará a partir de ahora el ritmo de su baile, si será una piedra en el zapato que los detendrá cuando intenten avanzar, si se convertirá en un mito que les expandirá la conciencia y los guiará a través de los días, si lo que no es y podría ser, o quizá lo que es y podría no ser, se interpondrá en el confort de la lujuria esporádica, si cuando las pieles se reencuentren y se huelan, los dos cuerpos identificarán la cicatriz del cambio, si recordarán que del placer por el placer surgió este nudo de ahora. Si la paleta de colores que les ofrece la carne abierta, el rosa, el granate, los rojizos y el carmesí en los que él se adentra y ella acoge, les llevará a la diversión y a los sentimientos de siempre o será un motivo que la mantendrá a ella con las piernas abiertas y el deleite cerrado, como un castigo, la cabeza dispersa pensando siempre en la injusticia cometida entre ellos dos, ya que aunque la implicación debía ser la misma —la necesidad de tocarse vete a saber qué noche o qué mañana o qué mediodía de los muchos en que han necesitado humedecerse los sentidos—, la repercusión tiene un desequilibrio desorbitado: el estado mental y voluntario para él, y el estado físico y obligatorio para ella. La vida que mpieza dentro de ella, arrellanada en sus tejidos, invadiéndole organismo y las decisiones que tomó tiempo atrás. Tres graos de carne en formación que pesan más que cualquier otro npromiso experimentado hasta ahora.

e ducha para librarse del frío interior, pero sobre todo pore siente sucia. Y lo más complicado de todo, lo que hoy no la dejará dormir, es que siente que el foco de infección no es lo que se cuece dentro de su vientre, que querría vacío, sino la seguridad de que la suciedad la genera ella, tome la decisión que tome. Su cuerpo convertido en molestia, una quemazón que nace en el cerebro y la irradia por completo. El agua resbala por su piel joven, por los suaves contornos redondeados y por los pechos, que ya siente inflamados; eso la desespera, esa prisa por convertirla en otra persona. Le gustaría no tener este don propio de su género, un supuesto don que ella vive como un riesgo. Querría poder decidir sobre su cuerpo. Se pasa la mano por el pelo empapado por el agua que debe purificarla, pero ni el ruido de la ducha consigue acallar todas las voces de su cabeza: la voz de alerta del prospecto del analgésico que se ha tomado para el dolor de cabeza, «Si usted está embarazada o cree que puede estarlo». La voz profesional y avezada de la ginecóloga, «Intenta que el miércoles te acompañe alguien para luego volver a casa». La voz convencida con la que contestó a su amiga cuando aún no había aparecido el contrarrelato, «Pues porque no quiero ser madre»; la voz afilada de internet, «Sangrado abundante»; la voz candorosa de su madre, ajena a su sufrimiento, «¿Queréis venir a comer el domingo? Vienen Berta y Enric. Traerán al niño»; la voz interesada y seductora del paquete de Marlboro: «Fumar durante el embarazo perjudica la salud de su hijo». La voz abatida e indignada de cuando habla con su jefa en la redacción, «No podré cubrir el acto. Me ha surgido un imprevisto. Un tema familiar. ¡No, no podía decírtelo con más tiempo, es un imprevisto! Pues me parece muy injusto, la verdad. Nunca te he fallado»; la voz de su padre, cálida y resolutiva, «Ya sé que me dirás que no, pero si necesitas dinero, ya lo sabes»; la voz de su amiga cuando, después de ofrecerle una copa de vino, que Marta rechaza, suena fría como el acero, «Pero ¿y qué si bebes? Total, si lo matarás igualmente»; la voz nueva, exasperada, con la que desde esta mañana habla con lo que tiene dentro, «Sería un desastre, créeme»; la voz categórica con la que se habla a sí misma, «No te comuniques con él»; la voz honesta y concluyente con la que habló con Dani, «Estoy embarazada. No quiero seguir adelante»; la voz desesperada con la que vuelve a dirigirse a sí misma y a la muñeca que late en su interior: «No seré capaz».

Cierra el grifo y apoya la frente contra la pared. «Vete, vete tú solo.»

Cuando sale de la ducha, Dani abre la puerta del baño. Hay una circunstancia nueva en su fisonomía, un rasgo que Marta nunca había observado. Una culpa. Ella no puede soportar la imagen de debilidad y se apresura a decir algo:

—¿Me pasas la toalla?

Pero él la envuelve con la tela suave y la abraza. Los abrazos ajustan, ensamblan, contienen, no necesitan palabras, la transmisión es inmediata. Primero, los dos sienten algo parecido a la paz, y a continuación se reencuentran en el cansancio de la guerra. Marta entiende entonces que esto ha pasado con este hombre. Que podría haber pasado con cualquier otro, pero ha pasado con este. Ha habido hombres con los que ha trabajado, hombres con los que ha estudiado, hombres a los que ha conocido en la barra de un bar, hombres virtuales que se han vuelto físicos, hombres con los que se ha acostado haciéndoles creer y haciéndose creer a sí misma que era una sinvergüenza, hombres con los que se ha hecho pasar por una buena niña y los ha dejado hacer todo lo que decían que tanto le gustaría, que ningún otro le había hecho antes: darle palmadas en las nalgas, estirarle de ese pelo dorado, pasarle los dedos por lugares donde duele, atornillarle la lengua en las orejas, gritarle injurias y no esperarla jamás. Demostraciones chapuceras de un kamasutra de postureo. Todos la miraban con expresión petulante, y ella sonreía, se sentía poderosa gustándoles tanto, fingía a menudo creyendo que era lo que tocaba, y jugaba, y era buena jugando, el resultado siempre eran ellos metidos en su pensamiento como gigantes, marchándose satisfechos, corridos, convencidos de que eran héroes portentosos con vergas como armas supersónicas dos punto cero. Ella casi siempre agradecía verlos marcharse convencida de que en todos los casos estaba ejerciendo su libertad sexual, hasta que un día de la nada aparece este hombre, que entre otras cosas le aporta una seguridad similar a la de su padre. Y cuando él entra en su vida, se acaba la sumisión que ella consideraba normal en todo proceso de conquista. Con él se da cuenta de que todo lo que había hecho hasta entonces con los hombres y con el sexo era calibrar el orgullo viril de aquellos cuerpos guerreros, juzgarse cada vez demasiado lanzada o demasiado retraída, recriminarse haber pedido demasiado o no haber pedido nada. Sintonizarse como una frecuencia radiofónica para transmitir una señal considerada correcta por el género masculino. La angustia de no decepcionar. Con Dani, su tendencia a considerar la sexualidad como una forma de conversación se ve correspondida. Puede ser ella sin ningún añadido. Había seducción, poder y placer al principio, la tríada que según ella probablemente hace girar el mundo, pero entre ellos se ha ido ampliando la base; la conversación y el diálogo han empezado a ir más allá y ya han superado casi dos calendarios anuales, y lo que ha pasado ahora ha pasado con este hombre con el que tiene tantas cosas en común, con ningún otro, y por eso es cada vez más complicado, porque ninguno de los dos sabe hacia dónde va lo que empezaron como una forma de conversación; en todo caso intuyen que toca elevarlo un poco más, otorgarle una dosis mínima de mérito, atreverse a decir en voz alta que quizá están enamorados, pero viven en un mundo gobernado por la inmediatez, un mundo lleno de contrastes, polaridades e ideas nuevas que derriban mitos, y les da miedo reconocer que ahora mismo los preside el amor por si eso les hace traicionar su libertad. Han convivido de forma anárquica, no esperaban esta revuelta que les confirma que solo era un simulacro de vida feliz, por eso esperan en el seno del abrazo, como dos niños que acaban de descubrir que no existe la magia y que absolutamente todo tiene una explicación técnica y dos únicas soluciones: una imparcial, terminante y médica, y otra más visceral, temerosa y arriesgada. Dos soluciones que a Marta la hunden, la aprisionan en una dicotomía no buscada. Deseado o no deseado. En cualquiera de las dos posibilidades se siente una temeraria.

«Esto ha pasado con este hombre, no con cualquier otro», se dice mientras él le sujeta la cara entre las manos y le da un beso en la frente. Aunque reconocerlo la pone tensa, sabe que ahora lo necesita.

—Te quiero, ¿me oyes? —titubea Dani con voz afectada.

Ella se pone de puntillas y le corresponde con un «Yo también» al oído. No hay verdad, pero tampoco mentira. Cierra los ojos y piensa: «Ahora no. Ahora no toca que me quieras, ahora preferiría que simplemente me entendieras».

17

El techo de su dormitorio tiene un artesonado, un rosetón de yeso blanco que adquiere la forma de lo que parece un motivo vegetal. Desde el primer día, y con el idioma críptico que solo cobra sentido en el relato conjunto de los inicios de cualquier pareja, lo llaman «la Lechuga». No es bonito y les parece pretencioso, pero es el punto hacia el que miran los dos cuando charlan en la cama. Por eso le tienen simpatía. Se han pasado muchas noches planeando vacaciones, haciendo cuentas o resolviendo problemas mientras miraban la Lechuga. Es un buen lugar para declarar la paz o un enclave estratégico desde donde hacer estallar una guerra. Son las tres de la madrugada y están en la cama, respetándose el espacio más que nunca. Mirando al techo. Se sienten cansados, y aunque de vez en cuando se recuerdan que deberían intentar dormir, saben que no pueden postergar demasiado la conversación que tienen pendiente. La familiaridad del techo ayuda a intentarlo.

—A ver si mañana nos acordamos de apretar un poco más el tornillo de este lado del cabezal, porque mira —dice Marta moviendo el cabezal de abedul de la cama—, está muy suelto.

Dani estira el brazo y lo mueve enérgicamente mientras chasquea la lengua.

—¡Dani, tío, no seas tan bestia!

Él refunfuña algo sobre la calidad de los muebles.

—Suerte que tienes la delicadeza de no echarme en cara que ya me lo advertiste —añade Marta con ironía.

Les gustaría reírse, o al menos sonreír, pero el cuerpo no les responde. En realidad, están procurando que todo lo ordinario sobreviva para evitar que los engulla lo extraordinario. Además, se estrenan en este estado, y solo se les ocurre seguir haciendo lo que ya sabían hacer juntos antes del caos: una serie de cosas cotidianas. Poco a poco, la conversación se va elevando con timidez, y cuando llega al rosetón, es un huracán que toca tierra firme. Un huracán formado por intentos de frases y también de silencios. No se gritan, no se interrumpen. Saben que el significado de los sentimientos que quieren expresar solo adquiere sentido si se dicen con la forma que exigen, y tanto él como ella necesitan recibir comprensión, por eso intentan ser empáticos, aunque a veces se sabotean. Es un sabotaje improvisado, de principiantes, ya que hasta ahora no han tenido la necesidad de perjudicar los intereses del otro, y mucho menos los sentimientos.

—Es que, joder, Dani, ¿en qué estabas pensando? ¿Por qué has tenido que acariciarme la barriga? ¿Te das cuenta de cómo me has hecho sentir?

—Ya te he pedido perdón, Marta. Tengo dudas y supongo que he dudado en voz alta. Nada más. Olvídalo, por favor.

Él la mira, pero Marta mantiene la vista clavada en el techo. Está de mal humor. Cuando verbaliza lo que piensa, no consigue librarse de la sensación de ser una niña pequeña atrapada en su propia pataleta.

—Es que, no te enfades, ¿eh?, pero quería hacerlo sola, y además no quería darle tanta importancia.

—Importancia tiene, Marta.

—Ya lo sé. No me trates de imbécil, si puede ser. Pero con tu maldita caricia lo has hecho crecer y le has dado un… un… una entidad, coño, o yo qué sé; no sé qué has hecho, pero me has hecho sentir muy mal, Dani. Fatal. No te imaginas, ni siquiera puedes imaginar lo que has hecho —le recrimina.

Ahora sí que lo mira. Fijamente. Necesita que Dani entienda que ella sabe perfectamente que está dejándolo en un segundo plano, pero a la vez quiere que se dé cuenta de cuán inevitable es que adopte esa postura. No le pide que no esté ahí, no es eso. Lo quiere ahí, claro que sí; lo necesita en ese podio como necesita tener un paquete de tabaco intacto en el cajón cada vez que intenta dejar de fumar, pero todos esos tejidos adquiriendo forma dentro de ella, tapizando todas las cavidades de su organismo, por fuerza deben concederle el poder de decidir la distancia desde donde quiere que él lo mire. Porque, aparte de mirarlo, ¿qué puede hacer? Solo quiere sentir que Dani comprende que ella sea tan posesiva con lo que está pasando.

—Marta, joder, que no te trato de imbécil. —Intenta cogerle la mano, pero ella la aparta, enfadada—. ¿De qué vas? ¿Se puede saber qué te pasa conmigo? ¿Qué te he hecho, hostia? Solo intentaba decirte que para mí también es importante. Lo último que quiero es que sufras o que lo pases mal. Pero me parecería muy hipócrita no decirte que sí, que es verdad, que hace un par de días que doy vueltas al tema de ser padre.

Marta se levanta de la cama, irritada. Se echa el pelo hacia atrás, se lo recoge, nerviosa, con una goma y se lleva las manos a la cintura, con los codos apuntando hacia los lados. Dani recibe el gesto como una invitación a la lucha libre.

—¡Es una fantasía infantil y ridícula, Dani! Me paso veinticuatro horas al día pegada al teléfono para ir aceptando trabajos, para saber dónde está la noticia, la foto. Más la exposición, que a este paso no haré nunca, y las mierdas de bodas para tener pasta y disfrutar un poco después de pagar el alquiler. Lo que más me gusta del mundo es ir de un lado para otro con los reportajes de las revistas, ¿no te das cuenta? ¿«Doy vueltas a la idea de ser padre»? ¿Es todo lo que se te ocurre para justificar que hay algo tan importante dentro de mí que merece una caricia tuya?

—No, en realidad se me ocurren muchas otras cosas, pero así es imposible hablar. ¿Puedes calmarte un poco? Si no te apetece, no hace falta que discutamos nada. De verdad. ¿Qué te he hecho, joder? Ni que lo que ha pasado fuera culpa mía. Solo me parecía que te iría bien hablarlo. Pero da igual, Marta, dejémoslo.

Dani sabe que en el fondo eso no es del todo cierto, que él querría intentar decirle que no sabe qué le pasa, pero que todo esto le ha hecho reflexionar mucho, que ya tiene treinta y tres años, que la quiere mucho y que algo nuevo que no sabe lo que es, pero que lo reconforta, le da suficiente confianza para creer que sería un buen momento para ser padre. No sabe cómo explicarle que, con la noticia del embarazo, la cicatriz de la ausencia de su padre ha empezado a desvelarse como una luz agradable que titila en la distancia y lo ayuda a encontrar el camino entre la densa niebla. Quizá, y solo quizá, con un hijo, el fantasma que siempre lo ha acompañado tomaría forma, y él podría terminar de situarse en este mundo.

—¿Dónde guardaste la caja de herramientas? —le pregunta Marta con expresión ofendida.

—¿La caja de herramientas? ¿Para qué quieres la caja de herramientas?

Marta no le contesta. Se agacha y mete medio cuerpo debajo de la cama. Dani le ve el culo en pompa y las piernas moviéndose, y por un momento sufre por si esa postura pudiera ser perjudicial para el feto. Está a punto de decírselo, pero sabe que no debe hacerlo. Si al final ella decidiera seguir adelante con el embarazo, él le censuraría cada movimiento brusco, cada cigarrillo, la cuidaría como nunca hasta ahora ha cuidado nada. Se siente del todo impotente. Es como luchar contra una leona. Ella sale con la cara roja, el pelo revuelto y la caja de herramientas en las manos, triunfante.

—¿Vas a arreglar ahora el cabezal?

—Total, no puedo dormir. No sufras, será un momento. Enseguida apago la luz y te dejo seguir soñando con tu fantasía de familia feliz, tranquilo —le contesta con rabia.

Dani se levanta de la cama y se acerca a ella. Le apoya las manos en los hombros y le pide que lo mire.

—¿Puedes parar un momento, Marta? —Le coge la caja de herramientas de las manos y la deja en el suelo—. ¿Podemos volver a empezar?

Marta posa la cabeza en el torso de Dani. Cada vez que lo hace recuerda cuando, al poco de conocerse, ella le preguntó sobre la protuberancia de la parte izquierda del tórax, como si tuviera un costado más salido que el otro. Eso convertía el pequeño desnivel anatómico de Dani en un rincón muy agradable en el que acomodar la cara cuando se abrazaban. Él le explicó que de adolescente había hecho atletismo y lanzamiento de disco, y que el entrenamiento para maximizar tanto el radio como la velocidad de giro le había provocado esa insignificante deformación en el tórax. Marta dudó unos segundos, pero enseguida detectó que estaba tomándole el pelo, y los dos se echaron a reír. Bromearon un rato más. Era justo al principio, cuando si conseguían quedar, muy de vez en cuando, pasaban mucho tiempo en la cama. Desnudos, envueltos en la intimidad, bajo el calor del edredón, en el centro del colchón, en casa de él o de ella. Aún no sabían que la cosa iba para largo y, por lo tanto, hacían que cada encuentro fuera único. Irremediablemente, uno se convertía en la pequeña obsesión del otro; entre ellos se establecía una dependencia que por fuerza se parecía a la que la droga genera en el cerebro. Consumirse pasó a ser prioritario, y poco a poco fue una nueva pauta incorporada al estilo de lo que habían sido sus vidas hasta entonces. Aquel día de hace dos años, cuando ella dejó de reírse, empezó a acariciarlo y frotó sus piernas, tan suaves, contra las de él, Dani sintió la necesidad de abandonarse por primera vez a una dulzura indisciplinada pero que se veía capaz de controlar, y le dijo que le regalaba aquel rincón del pecho. «Es todo tuyo, ven aquí cuando quieras.»

—¿Cómo ha podido pasar, Dani? Qué mierda... —gime en su madriguera.

—Ha pasado y ya está. No hace falta darle más vueltas. ¿Puedo preguntarte una cosa?

Marta, aún pegada a su pecho, emite un sonido.

—Dejando aparte el trabajo, ¿estás completamente segura de que no quieres ni planteártelo?

—¿Cómo quieres que deje aparte el trabajo, Dani? ¡Por Dios, no seas iluso!

—No lo soy. Pero creo que si la única razón es el trabajo, no sé, el trabajo es pura logística. Podríamos organizarnos. Podrías dejar las bodas. Te autoexplotas y te exiges a más no poder, Marta.

—Mira quién habla...

—No es lo mismo. Yo tengo que ir actualizándome, si no, me quedo fuera del circuito, y además tengo que hacer extras porque del guion tampoco vivo.

—Es exactamente lo mismo. Los niños son caros y consumen tiempo. Estarás de acuerdo conmigo, supongo...

Él está de acuerdo y se calla. Marta rebusca en la caja de herramientas y coge un destornillador. Dani vuelve a acostarse. La observa apretar el tornillo con determinación. Persiguen los dos una idea opaca de éxito social, pero entender los hijos como un bien de lujo y descartarlos por lo mismo les parece una solución barata. En el fondo, donde caben dos caben tres, piensan sin decírselo. Y aunque provienen de familias con economías diferentes, ese sería el espíritu subyacente a ambas. Por lo tanto, concluyen que, en todo caso, lo que les pesa es el síntoma de su época, el trastorno que obliga a planificar solo mínimamente, a la inexistencia de unos horarios regulares, a unos ingresos no garantizados, a un hogar inalcanzable. La tasa de natalidad es un barómetro de desánimo. ¿Quién es el valiente que planifica más allá del verano si el otoño se presenta tan poco optimista?

—Además, me da pánico meterme en un berenjenal del que no sé nada, Dani. —Se sopla un mechón de pelo que le cae en la cara—. Pásame el otro destornillador. Este es demasiado grande. Quiero decir de ser madre, ¿sabes? No sé nada.

Él vuelve a levantarse. Piensa que, en realidad, tal como está el mundo, seguramente se precisa la ignorancia que ella se atribuye para que la especie siga evolucionando. De hecho, Dani tampoco considera que sepa nada de la paternidad, y es precisamente esa ingenuidad lo que le ha sorprendido de forma inesperada. Le pasa el destornillador, y cuando ella lo coge por la punta metálica, él no lo suelta.

—¿Qué haces? Va, Dani, que no estoy de humor.

—Es solo que me lo imagino. Podría ser divertido.

La retiene con expresión de súplica en la mirada, pero nota la inaccesibilidad de Marta, una fuerza que lo escupe, como dos imanes que se acercasen entre sí por el mismo polo.

—Para, por favor.

A Marta se le humedecen los ojos. «¡No me hagas esto! —grita por dentro—. ¡Ni se te ocurra mencionar un solo momento de posible felicidad con lo que estoy dispuesta a perder!» En lugar de intentar explicarle este bucle de confusión, lo corta en seco con una verdad que al menos sí siente absoluta.

—Además, Dani... —se enjuga los ojos con la manga del pijama y hace girar el destornillador tres vueltas más, definitivas—, una es madre cuando está preparada para serlo. —Lanza el destornillador a la cama, vuelve a llevarse las manos a la cintura y lo mira—. Y yo no lo estoy.

Martes

Semana 9

18

Desde la cama, a Marta le parece que vive entre dos realidades que están a mucha distancia la una de la otra, enfrentadas en el campo de batalla mental en que se ha convertido la espera hasta el miércoles. Esta mañana se suma una sensación onírica. Antes de que el sueño se desvanezca del todo, se esfuerza por recordar los contornos borrosos de las imágenes que aún retiene de las pocas horas que ha dormido: su cuerpo más bien delgado mantenía el mismo aspecto de siempre, pero de perfil y de la cintura para abajo parecía salido de una película de terror. Era un cuerpo con una base esférica, y con aquel aspecto pesado pedía granadas a todo el que pasaba por la calle. Aquella necesidad era un antojo. Una vieja le daba una muy madura. Al pelarla, sin querer clavaba el cuchillo en los granos y descubría que dentro de la granada solo había zumo. Zumo granate, rojo sanguinolento. La fruta licuada le estremece ahora que está despierta, intuye la sincronía entre la sangre y el rojo. No quiere seguir dándole vueltas. Los presagios son una agonía para alguien terrenal que confía plenamente en la realidad. No quiere dilucidar el significado del sueño, pero lo entrevé a la perfección. Se queda pensando en los antojos, en su imaginario sensorial y críptico. Recuerda de pronto la historia familiar que siempre contaba su madre para justificar la pequeña mancha despigmentada con forma de media luna que Marta tiene un poco por encima de la nalga derecha, y eso la aparta de la granada con la que ha soñado y de su rugosidad. Embarazada de Marta y en pleno mes de noviembre, a su madre se le antojó sandía, un deseo irrefrenable de fruta fresca y acuosa que no pudo satisfacer, y por eso la niña nació con la mancha en el cuerpo. Ella siempre ha huido de las creencias populares de su madre, pero, puestos a juzgar, cuando se ve la mancha, prefiere sumarse a la falta de rigor y justificarlo con el deseo truncado de ser astrofísica. Ha hecho fotomontajes de su pequeña luna en la nalga, y durante un tiempo, un autóctono de Chicago con el que salió unos desenfadados meses de verano en Berlín cada vez que se metían en la cama la buscaba debajo de las sábanas mientras recitaba a Armstrong de memoria: «Gracias, señor presidente, para nosotros es un honor y un privilegio estar aquí. Representamos no solo a Estados Unidos, sino también a los hombres de paz de todos los países. Es una visión de futuro. Es un honor para nosotros participar en esta misión de hoy». Por un momento, el recuerdo de aquellas noches de verano la hace sonreír, pero la respiración profunda de Dani, que duerme a su lado, la devuelve a las exigencias del presente. El ambiente se parece demasiado a una convalecencia, a un exceso de incomodidad. Granada. Una rima visual.

«Nadie es si no es deseado.» Es la nota mental que utiliza para reprimir la culpa. Se obliga a pensarlo para no suscitar nuevos afectos. A ella nadie la ha deseado como madre, eso seguro, se dice. ¿Cómo se sentirían el uno con respecto del otro? ¿Cómo se sentiría si fuera la madre de alguien? ¿Y cómo se sentiría ese alguien si ella fuera su madre? Si aceptara ahora mismo que el hecho de llevarlo dentro ya la convierte en madre, sería como darle la bienvenida para decirle adiós el miércoles.

¿Serían una pérdida el uno para el otro? ¿Cambiaría su manera de ver el mundo si se concibiera como madre? ¿Sabría encontrar una forma de proteger a aquella criatura de la crueldad y de la intemperie?

Zumo de granada. Un deseo que no puede satisfacerse, una mancha. Así que si la versión definitiva de lo que lleva dentro acabase siendo una persona, reinaría en su vida para siempre. Nacería con una mancha con forma de racimo, un colgajo de semillas carnosas, translúcidas y rojas. Una pequeña granada coronada por los lóbulos del cáliz.

Fuera, el día se va levantando azul y soleado, del todo ajeno a las horas de espera incoloras dentro del espacio que habitan. Pero la luz del sol se cuela por las ventanas sin filtro y se derrama por el pie de la cama haciendo que se mezclen dos energías opuestas que se complementan. Marta coge el móvil y poco a poco va conectándose a un ecosistema digital que la acerca a un mundo que parece que continúa girando, pese a la cola interminable de decisiones que lo pueblan. Echa un vistazo a las noticias, que adoptan la forma de un conjunto de vergüenzas colectivas tan colosales que parece que lo único que puede hacer es leerlas, tragárselas y atragantarse. Después, quedarse sin argumentos y convivir con aquel puré en la garganta formado por guerras, terrorismo, violencia de género, mala política y cambio climático inminente. Nada más. Rendirse todos los días ante el empuje gris del universo provoca en ella el mismo efecto que las olas del mar contra las rocas: la desgastan y la modifican poco a poco erosionándole el optimismo.

Después abre alguna aplicación donde el contraste con lo que acaba de leer lo vuelve todo aún más degradante porque ella misma se ve capaz de olvidarse de todo lo demás sin remordimientos. Pronto se alegra por una fotógrafa a la que conoce y que ha recibido un galardón importante como artista por su trabajo con los paisajes habitados y las presiones que ejercen en ellos las personas que los ocupan. Le gusta este compromiso de la fotografía, que otorgue un peso de orden político, antropológico y social. Y como fotógrafa también le gusta la comunicación icónica: sentirse espectadora pasiva y relacionarse con los demás de una manera no física. Se deja anestesiar sabiéndose una *voyeur* más entre millones de *voyeurs* que se comunican icónicamente. Recorre pequeños fragmentos de experiencias humanas, examina con detenimiento caras que a veces ni siquiera conoce, inspecciona comentarios y comprueba quién le ha regalado corazones en la última foto que colgó. La imagen es de hace tres días, justo antes de entrar con sus amigas en el concierto del sábado. Sacan la lengua, guiñan un ojo y con expresiones teatrales muestran una alegría desenfrenada, quizá un poco forzada. Ella lo sabe muy bien. Lo sabía el sábado por la noche y lo sabe ahora que se observa con una expresión seria. Amplía la imagen y se fija en la risa exagerada. Es una risa grotesca, teniendo en cuenta que pretendía ocultar lo que entonces ya sabía, que está embarazada. La risa no celebraba la noticia. Simplemente la disimulaba. Además —se justifica—, era un embarazo con el que no deseaba seguir adelante, que después del concierto, al cabo de unos días, se quedaría tan solo en un susto. Así que esa noche se reiría, cantaría y también bailaría. Lo había decidido. Le parecía bastante importante hacer el esfuerzo, fingir que estaba bien y conseguir así que los demás estén mejor a su lado. Lo ha hecho otras veces. También sabe que se trataba de evitar que alguien le preguntara si le pasaba algo. No es el tipo de noticia que a una le gusta ir contando. Ese era el objetivo de las risas, ese, y procurar no alarmar a Dani, hacerle sentir que, salvado el obstáculo, todo seguiría igual. A continuación ve las imágenes de su sobrino gateando, que su hermana debió de colgar anoche. Su sobrino con la boca y las mejillas llenas de salsa de tomate y los ojos como faros, tan vivos, tan atrevidos, mirándola. Su sobrino dormido, y sus sueños llenos de experiencias primitivas hechas de leche, de colores y de texturas que se le deben de ordenar en su cabeza angelical. ¿Con qué se sueña, si no, cuando no has vivido lo suficiente para saber que la vida solo va de tomar decisiones y asumir sus consecuencias? Marta pone un corazón en cada una de las fotografías y procura no demorarse demasiado en ellas. Aún inmersa en aquel mundo virtual, va deslizando el dedo por sonrisas y miradas que querrían ser otras, que querrían ser ellas pero en otras circunstancias, quizá con el útero vacío, quizá con el útero lleno, pero que buscan una respuesta, un corazón, un icono, un poco de amor en estado líquido. Siente ganas de trasladar estos pensamientos al papel, darles forma hasta convertirlos en proyecto fotográfico. Tiene en mente una exposición que le parece ambiciosa, una serie de fotografías sobre la dualidad que muestren lo que proyectan socialmente los personajes fotografiados y lo que son realmente en el momento de captar la imagen. Ojalá encontrara el espacio y el tiempo para llevarlo a cabo.

Cierra la aplicación y se dispone a atender las notificaciones del correo electrónico. El primero que lee le parece miserable: alguien a quien no conoce de nada la felicita por su cumpleaños con meses de retraso vía LinkedIn y aprovecha para venderle sus servicios como asesor de marca personal. «Idiota», refunfuña en voz baja. Lo elimina y de repente reconoce el nombre del remitente que hay justo debajo. Un nombre que le provoca una fuerte sacudida interna, como un vértigo: Meyer Riegger. El corazón le da un vuelco. Su primera reacción es salir del mundo virtual, mirar a Dani, que duerme aferrado a la almohada e, inconscientemente, acercarse a la pantalla del teléfono e inclinarse hacia el lado contrario del hombre que está a su lado. Cierra los ojos y murmura: «Bitte» mientras espera que se descargue todo el texto, como si rogando pudiera cambiarse el futuro cuando el futuro ya ha comenzado. Lee, impaciente, y tiene que empezar de nuevo tres veces porque lee en diagonal y a toda prisa para encontrar la perla que busca. Y la encuentra. Y se exalta. Y le arden las mejillas. Y le brota una sonrisa pura. Y mira a Dani. Y deja de sonreír. Y él respira, ajeno a la noticia. Y la perla brilla: le comunican con una formalidad que encoge el estómago que han recibido su solicitud y que el perfil encaja con los requisitos de la vacante de la galería Meyer Riegger. Añaden que, tras haber leído el currículum, les gustaría entrevistarla personalmente. Le ofrecen dos fechas posibles para concertar la entrevista en Berlín, y un plazo máximo de tres días para contestar al correo. Con una felicidad pasajera, se enfunda los vaqueros muy deprisa y se pone un jersey de lana gris. La agitación mental hace que se olvide ponerse el sujetador. Poder olvidar el cuerpo un rato tras días siendo tan consciente de él es un descanso. Se cepilla los dientes frenéticamente y sale a la calle con Rufus. El lento caminar del viejo perro siempre marca el ritmo de quien lo pasea, pero hoy los papeles se invierten. Marta es incapaz de esperarlo y cada dos por tres se gira para pedirle que se dé prisa. El perro la mira, paciente. Sabe que hoy no podrá condicionarla con una simple mirada. Ella camina sin rumbo, no sabe adónde va, pero tiene claro que necesita dejarse abrazar por el zumbido anónimo de la ciudad, que ya está en marcha. Como le han cancelado el reportaje de la mañana, no tiene nada que hacer hasta la tarde, y tanta libertad, en un día lleno de decisiones por tomar, es aterradora. Su padre está a solo unas cuantas paradas de metro. Eso la tranquiliza. Si piensa en Dani, solo unas calles allá, se pone histérica. Compra el pan y un paquete de tabaco, chicles de menta; compra ajos y limones a una gitana que le grita: ¡Reina, bonita! delante de un supermercado. No se atreve a mirarla a los ojos cuando paga porque siempre ha creído en la fuerza de las mujeres con el entrecejo arrugado, en su capacidad para ver a través de ese pliegue obstinado, y no quiere que nadie la escanee. No necesita ni los ajos ni los limones. Tampoco chicles, pero aquí está, cruzando la ciudad con un arsenal de cosas innecesarias y sus pensamientos a cuestas. Es una manera de posponer, de ir sumando minutos para tener la oportunidad de pensar antes de tomar las decisiones que cree que inevitablemente marcarán el resto de su vida. Lo único que tiene que hacer es asumir que la vida es suya, detenerse en esta encrucijada y decidir hacia dónde seguir. Quiere enfrentarse a todo esto sola, ser honesta consigo misma, pero no puede pasar por alto que no comparte piso con un simple amigo, que hay otras cosas que le unen a Dani, cosas muy importantes para los dos, el amor, la compañía, la amistad, y que su comportamiento también le afecta a él. La reciprocidad a la que empezaba a acostumbrarse y que era tan agradable de repente le molesta, algo así como comerse un bocadillo junto al mar, disfrutando del momento, y morder un grano de arena, que retumba en la cavidad del cráneo. Según cómo, Dani es el mar, intensidad, risas, buena conversación y todo el erotismo que se mantiene bastante intacto en él. Es una especie de protección bajo la cual puede seguir siendo una niña, y a la vez su mirada la hace crecer como una mujer atractiva y libre. Se pregunta si eso basta para descartar un trabajo con el que lleva tanto tiempo soñando y descartar también un futuro más prometedor como fotógrafa en Berlín. Aquí, hasta hace poco le daba la sensación de que estudió lo que no tocaba, y que por eso nunca acaba de encontrar un trabajo bueno o debidamente remunerado, pero desde hace un tiempo quiere pensar que no es que estudiara lo que no tocaba, sino que aquí no existe el sueño. Su amiga Lisa Becker, una alemana que es traductora y con la que compartió piso en Barcelona durante dos años, ahora vive en Berlín y la anima cada dos por tres a que vaya, porque, según dice, allí el mercado es mucho más dinámico y está segura de que Marta podría exponer en galerías sin demasiados obstáculos, incluso trabajar en publicidad o cine. Allí tiene muchos contactos. Y el piso de su abuela. ¿Quién rechazaría una oportunidad como esta? Solo de pensarlo siente esa hambre intelectual y creativa que tanto la llena. ¿Qué debe hacer, pues, con ese saco lleno de posibilidades?

Ante esta pregunta Dani se convierte en un grano de arena. No puede valorarlo porque ya sabe de entrada que básicamente no existe balanza que equilibre bien la plenitud afectiva y el éxito profesional, e intuye también, o fuerza un poco la intuición para justificarse, que la comodidad del amor siempre es pasajera. La preceden demasiadas generaciones engañadas que esperaban encajar con otra persona de por vida. Ella no quiere comprometerse a nada concreto y da por hecho que él tampoco. Sin embargo, le conmueve la ilusión de Dani, su replanteamiento de las expectativas y la nostalgia de todo lo que no se ha vivido. Le gusta esta novedad en el hombre con el que vive, que espere tanto de ella, tanto como para quererla como madre de sus hijos, pero no sabe cómo encajarlo en sus proyectos inmediatos ni en su manera de afrontar la feminidad. Siente que el embarazo ha venido a determinar el lugar que ocupa cada uno, ¿o acaso ha sido la posibilidad del nuevo trabajo? No está segura, es una mujer práctica, estas reflexiones sacan lo peor de ella. Un hijo, Berlín, tan diferentes y al final con consecuencias tan determinantes. Necesitaría un tiempo de deliberación que no tiene ni para una cosa ni para la otra. Sea como fuere, no recuerda que Dani haya expresado nunca el deseo de tener hijos.

Era un atardecer de principios de otoño e iban en una moto de alquiler por la ciudad. Conducía Dani. El día había sido muy caluroso y regresaban de casa de Carles e Irene, pocas semanas después de que naciera la hija de estos. El sol empezaba a ponerse y en la playa del Bogatell aún quedaban puñados de turistas rezagados. Había una gaviota aclocada en el semáforo, que se puso en rojo, y entonces cruzó una mujer joven con una niña muy pequeña de la mano. Andaban muy despacio. Daban risa porque la niña era diminuta, y sus pasos eran muy torpes. Todos la miraban. Marta pensó que debía de hacer muy poco que había aprendido a andar. La madre iba nombrando todas las cosas con una cantinela aguda: «Pajarito, árbol, moto, autobús. Mira el autobús, ¡adiós, autobús!». La niña se quedó perpleja mirando el autobús, que pasó veloz algo más allá con un protagonismo inopinado. En la moto, Marta apoyó la barbilla en el hombro de Dani y sentenció:

—Yo contigo no tengo un niño ni de coña, sería el enclenque de la clase, nos llamarían de la escuela cada dos por tres porque lo han mordido o se ha hecho daño en educación física.

—Yo también te quiero, Cruella de Vil.

Sin apartar la mirada del semáforo, Dani le acarició la pierna, aún ligeramente bronceada, que vibraba con el zumbido del motor. Ella le cogió los dedos y le dijo que en realidad sería un niño precioso, «un enclenque como tú, pero el mejor enclenque». Y como él se giró hacia ella, sorprendido, con una emoción nueva en la cara, Marta se rio abiertamente, enseñando los dientes blancos, el vacío de la boca escandalosamente jovial, y mirándolo a los ojos dijo que no con la cabeza.

—¡Ni de coña, Dani!

El semáforo cambió a verde. En cada curva Marta inclinaba el cuerpo hacia él. El viento le daba en la cara y le enviaba ráfagas del olor de Dani, de su desodorante y del perfume dulzón que a ella le gusta. Lo apretó por la cintura porque tuvo como una pequeña revelación, un escalofrío de constatar que lo quería.

Cuando aún no son nada, las palabras que dibujan los pensamientos proyectados hacia el futuro se abren y se cierran como un abanico, un catálogo de posibilidades que se hojea con indiferencia, sin prisas ni emociones a flor de piel. El futuro solo es un juego de viejos. La juventud se aferra al presente.

Marta sube los tres pisos a pie porque el ascensor no funciona. Sostiene contra el corazón, agarrada con más fuerza de la necesaria, la bolsa con los limones y los ajos, y en la cabeza una conclusión meteórica: no puede ser un error querer ser feliz, aunque para serlo deba corregir la vida. Al meter la llave en la cerradura, nota que le tiemblan las manos. Una vez dentro de casa le invade el olor a pan tostado, como una bocanada de fin de semana, pero no tarda en recordar que es un martes afilado como una navaja clavada en el cuello.

—¿Dónde estabais? —le pregunta Dani acariciando el lomo al perro—. Te he preparado algo para desayunar.

Marta deja caer las llaves, los ajos, los chicles y los limones en el mármol de la cocina. Coge un poco de aire. No es un suspiro, más bien una bocanada de pez ahogándose. En el pequeño círculo mal cerrado de los labios se adivina un agujero lleno de ruegos: deja de consentirme, haz que me resulte más fácil decirte que aceptaré el trabajo, porque debes saber que he decidido aceptarlo. Él le aparta unos mechones de pelo de la cara.

—¿Pasa algo?

Pasa la vida, pasan los trenes. Todo pasa. Pero no se lo dice.

—El ascensor, que no funciona.

—Hostia, ¿otra vez? —Le acerca un plato con dos tostadas y se fija en los limones y los ajos—. Anda, ¿y esto?

Marta se concentra para recalcular la ruta que llevaba en la cabeza. Se humedece un poco los labios con la lengua para tomar impulso antes de saltar. Pero no salta. Siente que aún necesita ganar más velocidad.

—Estaba la gitana aquella del otro día, y mira..., he pensado: «Cómprale algo».

Él se ríe y la mira.

—Me encantas —le dice tendiéndole un tarro de mermelada de la nevera.

Marta hace un esfuerzo por recordar los ojos sin fondo de la gitana; ¡Reina, bonita!, piensa en aquella determinación, en el entrecejo arrugado y la piel morena estirada por el moño. Piensa en la gitana del mismo modo que una gimnasta se pone magnesio en las manos para no resbalar en las barras paralelas antes de salir a hacer el ejercicio. Mira el tarro de mermelada que tiene en la mano, la nuez del cuello le sube y le baja, y decide saltar.

—¿Puedes sentarte un momento, Dani?

Y por el tono y la mirada caída de Marta, por cómo lo coge de la mano y hace que se siente, él ya sabe que lo que viene a continuación contendrá material para un relato o para una buena película de perdedores.

Impares

19

Al principio, la de Marta es una expresión contenida. No quiere que la traicionen los nervios y sabe controlarse. Dice que no pide comprensión ni compasión, que solo busca explicarse, que la escuche atentamente, que vale que ella siempre ha sido un espíritu libre, pero que debe saber que él también entra en sus planes.

—Que no estoy dejándote de lado, ¿me oyes? Pero no puedo decidir por ti. Tendrás que ser tú quien tome la decisión, claro.

Le cede un poco de espacio para respirar. Interrumpe el discurso unos segundos. Él procesa la noticia: si supera la entrevista, aceptará el trabajo en la galería de Berlín y se irá a vivir allí. Ella mira hacia la pequeña ventana de la cocina, que da al patio interior. Dani rasca la mesa con una uña para hacer saltar una miga de pan que se ha quedado incrustada. El silencio empieza a pesar entre ellos como si estuviera hecho de arena mojada.

—¿Decidir qué? ¿Si seguimos juntos?

Lo pregunta con cansancio y tristeza impresos en la voz. Después niega con la cabeza y la mira con desprecio.

—¡No! ¡En ningún momento he hablado de separarnos, Dani!

Ella también necesita creerse lo que le dice, por eso le aprieta la muñeca, que él apoya en la mesa. Por eso modula la voz y procura llenarla de verosimilitud. Que una cosa no tiene nada que ver con la otra, le explica. La sobreactuación de ella para convencerlo contrasta con el decaimiento de él, tan de verdad.

—Cuento con que vengas conmigo. Hace mucho tiempo que te lo digo, Dani. Todo el mundo se larga. No es para tanto. Mira Magda y Roger, o tu hermana. ¿Y Alicia qué? ¡En Boston! Berlín no queda lejos, podríamos venir a menudo a ver a la familia y a los amigos. Tú puedes trabajar desde donde sea.

—Eso lo dices tú. Puedo escribir desde donde sea, pero paso de tener que hacer videoconferencias cada día. ¿Y las reuniones? Además, aquí también tengo las clases.

—Pero si no te gusta dar clase. ¿Qué dices? Y piensa que con lo que me pagarían a mí no necesitarías el extra de las clases, y si vivimos en el piso de mi abuela, nos ahorraremos el alquiler que pagamos ahora. Viviríamos de puta madre, Dani.

Él suspira con los ojos cerrados y se pasa la mano por la barba, inquieto. Se pregunta si cuando dice: «Viviríamos de puta madre», ella deja espacio para el hijo. Y malévolamente se pregunta si Marta recuerda que mañana es miércoles. Enseguida se siente un miserable. De repente la voz le sale atronadora.

—A ver, Marta, cojones, ¿y ahora qué quieres que te diga? ¿Qué quieres oír, eh? ¿Quieres oír que de acuerdo, que maravilloso, que cambio de planes, que nos vamos a Berlín?

Marta mira el suelo.

—Eres bastante egoísta, ¿lo sabías?

—Yo. Yo soy el egoísta. Hace un año que decidimos alquilar este piso, empezamos a estar juntos un poco en serio y tú te emperras en largarte a las primeras de cambio, pero yo soy el egoísta. Sí señora, muy bien.

—Barcelona no es el mundo, Dani. Pues quedémonos aquí, ¿eh? Quedémonos aquí, vamos a un *escape room* todos los fines de semana y después volvemos a este piso diminuto fingiendo que con la gilipollez de las mazmorras, la prisión y las pollas en vinagre nos hemos evadido y ya no recordamos toda la mierda gloriosa que nos comemos todos los días. —Le coge la cara entre las manos y se miran fijamente—. Dani, escúchame bien porque solo lo diré una vez: la semana que viene iré a Berlín a hacer la entrevista. Si me cogen, yo me voy. Quiero que vayamos juntos. Ven conmigo, por favor.

Por un momento casi la oye pensar, y entonces se da cuenta. Se da cuenta de que podría comprar la idea que ella le lanza. De que podría decirle que quiere tener una vida con ella, con hijo o sin él. Convertir Berlín en el destino final de una existencia bastante itinerante. Se da cuenta de que no puede seguir jugando a ser ese personaje cenizo, que Marta no soportará vivir con alguien tan infructuoso y que ella es la oportunidad. Pero en lugar del atrevimiento le sale una verdad tímida que es la suya.

—¿«La mierda gloriosa que nos comemos todos los días»? Hostia, Marta, parece que vivamos mal. ¿Qué es eso tan terrible en nuestra vida? Creía que estabas bien aquí, y bien… conmigo.

—Me refería a los trabajos, ya lo sabes…

—¿Los trabajos que tenemos? Pero si somos unos privilegiados por tenerlos. ¡Vives obsesionada!

En este punto, Marta explota. Brama. Hay ira y hay urgencia. Le dice que está harta de las becas de un año para ir tirando, de los trabajos temporales, pero lo que le hace perder los nervios es que él no se ilusione, que no se dé cuenta de que el trabajo en la galería es una buena noticia, que no la apoye en esto, «en esta oportunidad, que también lo es para ti, ¿no lo ves?».

Al verla tan fuera de sí, con la cara desencajada, gesticulando con desmesura y agresividad, entiende la grandeza que ella espera de la vida y lo irresistible que es la ilusión. Siente algo parecido a la envidia. Quiere su furia, su pasión para ofrecerle Barcelona a cambio de Berlín, como quien intercambia cromos; las rutas previsibles que él empezaba a trazar para los dos, la idea de estabilidad y este deseo nuevo de familia.

—Iré a Berlín la semana que viene. Tú haz lo que te dé la gana —concluye ella cruzándose de brazos.

Por un momento, Dani olvida lo que es sentirla lejos cuando se marcha durante semanas, lo que es admirarla cuando habla con los demás, lo que es hacer el amor con esta mujer, lo que es comérsela, lo que es hacerla reír, oírla cantar en la ducha, lo que es oír el silencio contenido de sus fotografías. Por un momento comete el error de esta breve amnesia y se abalanza con frases inacabadas que quieren herirla, que empiezan con un tono despectivo pero que no mueren en ninguna parte, solo sugieren, «Eres una...», «Eres tan...», «Solo piensas en...». Las apaga como cerillas antes de que le quemen los dedos.

—¡¿Y qué pasa con lo que quiero yo, Marta?! ¡¿No tiene la menor importancia?! —grita finalmente.

Se levanta de la silla y sale de la cocina. Se deja caer en el sofá. Ella lo sigue como una polvareda arrastrada por su propio interés.

—¿Y qué quieres, Dani? Piensa bien lo que respondes. ¿Qué quieres?

Él estira el brazo y le señala el vientre, la obviedad. Le pregunta si puede sentarse. Ella obedece enseguida.

—Tiene que ver con mi padre.

No suele hablar de su padre, piensa en él y basta. Al nombrarlo se siente abrumado, le otorga una presencia que inesperadamente hace que el rostro de Marta mude. Ella cree que ese terreno pantanoso no le pertenece. Nunca ha entrado en él, ni Dani la ha invitado a hacerlo. Sabe que ahí habita un fantasma que tensa el frágil hilo del triángulo que une a Dani, Anna y su madre, y no entiende por qué lo invoca ahora. Desde que están juntos ha tenido muy claro que Dani guarda un recuerdo de su padre afligido y enraizado en un lugar profundo. Percibió un dolor contenido en la manera como Dani tragó saliva el día que le enseñó las fotos del álbum que ella encontró durante la mudanza, el sonido triste que emitió su voz al contestar a lo que ella le preguntaba: cómo se llamaba, cuántos años tenía, de qué trabajaba; él procuró darle detalles precisos, presentarle a Marta a un hombre que podría haber sido cualquier otro, no un padre. Contestó de forma clara y concisa para dinamitar toda posibilidad de profundizar en una herida que estaba seguro de que ella no entendería. Cómo entender el arco protector que lo cubrió durante tan poco tiempo, el contacto físico añorado, la seguridad de aquellas manos tan grandes arrancada de raíz. A pesar de llevar horas transitando un campo de batalla, Marta le coge de la mano y recupera la sintonía que han compartido hasta hoy. El cariño y la estima, recogidos en un enredo de dedos. Aunque le cuesta, espera, impaciente, a que él hable.

—Creo que quiero ser padre. Me parece que necesito serlo. —Le clava la mirada en el vientre—. Es que de golpe, Marta, de golpe mi padre…, no sé ni cómo decirlo, pero resulta que lo echo de menos o algo parecido. Sé que no tiene mucho sentido, pero si yo fuera padre, de alguna manera no me haría tanto daño no haber tenido al mío. Y me gustaría serlo de un hijo tuyo, Marta, no de otra.

Ella le suelta la mano y se coloca el pelo detrás de las orejas. No es desprecio. Es más bien un miedo aterrador. No quiere que le contagie su necesidad ni dejarse vencer por esta información nueva, que la pilla desprevenida y que sabe que debilita su determinación. Para disimular, se dirige a la cocina y pone agua al perro. Dani la ha seguido, lento y pesado como un caracol que va dejando su rastro. Rufus se acerca a ellos y agita la cola. Los mira con una complacencia cruel dadas las circunstancias y bebe agua ruidosamente. Los dos lo tocan. Acarician el lomo del animal sin mirarse. Actúa como el depositario de un amor que no saben cómo darse. Ahora que se necesitan tanto deben repelerse para defender sus posturas. Por la ventana de la cocina entra un rayo de sol que atrapa todas las partículas de polvo suspendidas en el aire, que bailan como si no pasara nada. El sol, el polvo, los limones, la pelota de Rufus y unas tostadas abandonadas en el plato. La osadía de las cosas cotidianas, la indiferencia con la que observan la escena, la perversidad con la que ven cómo ella busca su mirada y en silencio niega con la cabeza. Cómo dice que no a su requerimiento. Él, ciego de irracionalidad, sigue.

—Pero estábamos bien antes de todo esto, Marta. Nos va bien juntos. Creo que podríamos intentarlo, que sabríamos ser padres y que nos lo pasaríamos bien. Solo digo que lo pienses una vez más.

—Y yo te pido que te plantees marcharte de Barcelona.

Se miran, cada uno desde su delirio narcisista. Entienden que toca aflojar un poco. El callejón sin salida al que han ido a parar los incomoda a los dos. Saben que sus propósitos por separado se convierten en posibilidades, pero que juntos son inalcanzables.

—Vamos juntos a Berlín, Dani.

Parece exhausta, enfadada o desesperada por lo que él acaba de confesar, pero decidida a echárselo a la espalda y a seguir adelante. Él coge aire para no sentirse como un humano acorralado, para intentar separarse de la paranoia, del pensamiento a corto plazo, por pura supervivencia. Siente una sombra plomiza encima de él, y de repente se da cuenta de que su madre reverbera en él, en el resentimiento contra todo, en su manera de contagiar su pesimismo. Deleitándose en el infortunio en el que vive anclada y su habilidad para atrapar a los demás bajo la negatividad que rezuma. Dani no quiere convertirse en ella. Sabe que también debe de haber heredado la luz que ella emitía los primeros años. Que incluso podría favorecerla si él supera su frontera de acritud. Quizá ser el hombre de la casa iba de eso, no de otra cosa. Quizá esta es su misión, la única rebelión.

—De acuerdo —dice tras una larga pausa—. Pero en alemán solo sé decir; «Kannst du bitte wiederholen». Tendré que aprender alemán. Tócate los huevos.

Marta se ilumina de pies a cabeza con una pátina que le devuelve el tono que le corresponde. Se ríe. Se le lanza al cuello y lo llena de besos diminutos como frutas del bosque. Pequeños, comestibles y silvestres. Él siente una reordenación neuronal, pero en su decisión no hay un ápice de generosidad. Es más bien una estrategia de aplazamiento y vuelve a dejar entrar en su interior una posibilidad áspera en la que haya espacio para el contrafavor de ella. Berlín a cambio del hijo. De una ciudad siempre se puede huir. Guarda silencio. Cree que ahora no es el momento, que antes de mañana encontrará la manera de proponérselo, y simplemente la abraza. No quiere ir a Berlín. Tampoco quiere perder a alguien a quien quiere como debe quererse a las madres de los hijos que uno tiene.

20

La tibieza de los inviernos barceloneses se ve alterada desde hace unas horas por el anuncio de una ola de frío. Cuando Dani cruza Balmes, se le aparecen la sierra de Collserola y el Tibidabo blanqueados por una fina capa de nieve. El sol de la mañana y ahora el cielo, de un blanco sucio. Ve señales por todas partes.

Clara lo recibe en su despacho y se saludan con dos besos. Ella le dice que tiene la punta de la nariz helada. Dani se alegra en silencio de recuperar el tono íntimo y amistoso que estrenaron ayer. Enseguida se deja envolver por la elegancia de las estanterías, el sofá de líneas modernas y el papeleo en la mesa central de madera maciza. Tiene un jarrón con flores frescas y fotos de quienes supone que son sus hijos. Se percibe una armonía que delata la inteligencia ordenada de Clara. Cada vez que se mueve en un espacio equilibrado y bien decorado, a Dani le invade una sensación inconcreta de no estar a la altura de las circunstancias, de no encajar. Un eco, un espejismo de clase.

—¿Quieres tomar algo?

—¿Puedo fumar?

—No, lo siento. ¿Un café?

—Vale.

La observa gestionando la pequeña recepción. Vuelve a parecerle muy atractiva, seguramente porque no pretende gustar.

La pondría de heroína en una película de Almodóvar, con un protagonismo exagerado, luchando entre la modernidad y la tradición. Tiene el aspecto distinguido de alguien dispuesto a arreglar el mundo. ¿Cómo se supone que debe comunicarle que se va a Berlín? Se sientan uno a cada lado de la mesa, respetando sus jerarquías profesionales.

—Han dicho que quizá nieve, que bajará la temperatura en Barcelona.

Clara hace una mueca con la boca, como si se aguantara la risa ante la información superflua que él le acaba de soltar.

—¿Que bajará la temperatura? Ahora entiendo que me hayas hecho cambiar la reunión que tenía esta tarde. Así que te preocupa que el tiempo empeore… —Antes de conseguir terminar la frase estalla en una sonora carcajada—. Venga, Dani. Vamos al grano. ¿Qué era tan urgente?

—Berlín.

—¿Ya estamos otra vez?

Echa el cuerpo atrás, desengañada, y lanza un bolígrafo a la mesa. Se le ha oscurecido la expresión.

—No, no, Clara. No me refiero a la serie, perdona. Bueno, sí y no. El que se va a Berlín soy yo. Me voy a vivir a Berlín.

Ella arquea una ceja y lo mira, sorprendida. De repente resopla, se cubre la cara con las manos y cuando él intenta explicarse, lo detiene con un gesto y le pide que la deje pensar. Dani lo recibe como una reacción hipercrítica. Ella se queda callada un buen rato y luego le dice que no podrán trabajar a distancia. «No con *Lara*, si es lo que venías a pedirme.» Él siente un nudo en el estómago y un ardor en el corazón. «Es imposible, Dani.» Que los encuentros presenciales con el equipo, aunque sean breves, para ella son sagrados en su manera de trabajar. Que no los alarga más porque sabe que están acostumbrados a trabajar en casa, y lo que no quería cuando empezó en la productora era llegar y alterar sus sinergias, pero que necesita ese contacto con ellos. Se calla, vuelve a coger el bolígrafo, le quita y le pone el tapón una y otra vez, y Dani lo mira como si la mujer que tiene delante estuviera a punto de activar la bomba que él mismo ha dejado encima de la mesa y que hará volar por los aires todo su futuro profesional.

—Pero escúchame, Dani —le dice por fin—. No te dije nada el otro día porque me faltaba la confirmación de un tema, pero me lo han aprobado y tengo financiación para un nuevo proyecto. Y la verdad es que había pensado en ti. Me gusta mucho cómo trabajas. Tu disciplina. Muchísimo, de hecho. Me encantaría que lo hiciéramos juntos. Incorporar a alguien más al equipo, claro. Estoy pensando en Jaime o en Laia, aún no lo sé, alguien joven con ganas de comerse el mundo. A ver, sé claro conmigo: ¿podrías comprometerte a uno o dos encuentros presenciales al mes?

Él siente una mezcla de reconocimiento profesional y claustrofobia emocional. Lo quiere en un nuevo proyecto, pero se acabó *Lara*. Un encuentro al mes. Cómo explicarle a Clara que si piensa en el futuro solo ve un agujero negro que marca los límites de todo lo que vendrá. No consigue verse en un lugar que no conoce, en un piso en el que no ha vivido, envuelto en el aire que no ha respirado, en un vuelo que todavía no ha cogido; pero, en cambio, pensando en términos prácticos y proyectándose en el futuro, se ve capaz de dejar a Marta sola con el niño una vez al mes. Sería una locura decir que no a lo que está ofreciéndole Clara, sea lo que sea. No querer caer en la desgracia económica es algo que empuja a actuar, ¿no?, se dice, y a continuación se reafirma en que no quiere dejar de ser útil socialmente ni quedarse arrinconado por una paternidad que en el fondo cada vez le parece más improbable.

—Sí, claro, por supuesto.

Intenta parecer convincente. Procura estar a la altura. Se siente como una versión valiente de sí mismo, en femenino y sin problemas de inseguridad. Clara inicia un discurso serio sobre el proyecto, le da nombres y cifras, y le especifica brevemente la implicación que espera de él. Se siente a salvo y a la vez se da cuenta de que una vez más es la cabeza pensante de una mujer la que dirige su vida mientras él se limita a ser un cuerpo prestado, un hombre cautivo de las ideas de los demás, estéril fuera de las ficciones que crea. Siguen hablando de trabajo, de cómo ir dejando poco a poco el otro proyecto sin demasiados daños colaterales, y a él le extraña que no le pregunte por los motivos personales que lo han llevado a tomar esta decisión. Aunque sabe que la argamasa de la relación que acaba de estrenar con Clara está hecha de guiones y de trabajo, en el fondo, cuando ha cruzado la puerta, iba a recoger el afecto que le pareció que ella le ofrecía ayer en el pub. Necesita un proyecto nuevo, pero necesita con más urgencia compartir la desazón que siente. No quiere creerse que lo que ayer intuyó como una afinidad con ella solo fuera una metáfora social manida. No sabe que no es que Clara no quiera profundizar más en esa amistad potencial, sino que ella intuyó lo mismo, y de alguna manera lamenta saber que a partir de ahora él solo estará en conversaciones por Skype. Confiaba en poder contarle a Dani que ha conseguido el número de teléfono de la chica del gimnasio y que le ha propuesto quedar; quería decírselo nada más sentarse con él, compartirlo, contárselo con la extrañeza que aún le provoca a ella misma lo que está intentando que pase con la mujer desconocida. Aparte de Dani, no se lo ha dicho a nadie.

En el despacho, a ninguno de los dos les basta con la mera proximidad física para disipar el aislamiento que sienten de repente. Los dos conocen bien esta sensación, han pasado horas sentados con ella. Del encuentro esperaban la alianza y la conexión de ayer, pero topan con la imposibilidad de reunir la cantidad de intimidad deseada. Creen que la persona que tienen delante puede prescindir de ellos. Se han sumido en el en silencio. La pelota ha quedado en tierra de nadie. Sorprendentemente, es él quien acaba rompiendo el silencio.

—Marta está embarazada.

—Vaya. ¿Y cómo tienes tan claro que podrás venir a Barcelona al menos una vez al mes?

El sarcasmo que Clara ha dejado caer en la interrogación lo desconcierta. Quizá aún más la rapidez con que lo ha dicho. ¿De verdad solo está pensando en el trabajo? ¿Qué esperaba de alguien a quien acaba de conocer? Hasta hace un momento habría puesto la mano en el fuego por que el «Tomemos un café un día de estos» de anoche no era una convención social trillada, que podía profundizar en aquella posible amistad que parecía haber surgido entre ellos. Dolido, da por perdida la partida.

—Dani, los hombres estáis acostumbrados a que el mercado de trabajo no os penalice al tener hijos, pero me parece que ahora mismo no puedes decir, como me estás diciendo, que de aquí a unos meses estarás en condiciones de combinar la paternidad y el trabajo. Estoy ofreciéndote el proyecto a ti precisamente por el rigor que has demostrado hasta ahora, por cómo escribes, por descontado, pero también por cómo cumples. No puedo jugármela. Lo entiendes, ¿verdad? No os conozco de nada ni a ti ni a tu pareja, y tú ahora mismo no puedes saber si ella o el bebé necesitarán que estés allí, si justo los días que tú y yo hayamos quedado para trabajar necesitarán tenerte al lado.

Con la masculinidad hecha añicos, a Dani le da la sensación de que tiene que defenderse, como si lo hubiera acusado de algún delito. Ella insiste en que no se trata de un trabajo espontáneo, que la sinceridad es importante y que tiene que haber vínculos personales. «Confianza, Dani. Hablo de confianza.» Que no busque solo la gratificación instantánea, porque no va de eso; que ella es de la vieja escuela, le asegura, y cuando parece que vuelve a arrancar con el discurso empresarial, la Clara de anoche se despierta de un largo letargo, coge las riendas, se levanta, emite un ruido gutural, como de relajación, que la hace reírse de sí misma, se acerca a él, que aún está sentado en la silla, le pone las manos en los hombros y lo sacude.

—¡Felicidades! ¡Mierda de trabajo, rediós! Me acabas de decir que vas a ser padre, y yo te hablo de trabajo.

—No, no pasa nada. Además..., ¿podemos hablar un momento? No de trabajo, ¿eh? Es que lo más probable es que no lo tengamos. El hijo, quiero decir.

Se miran a los ojos para decirse todo lo que solo puede expresar el silencio. Entonces Clara se dirige al escritorio y abre un cajón. Vuelve al lado de Dani y le muestra, en una mano, un mechero, y en la otra, dos porros ya liados.

—Si abro la ventana y nos fumamos uno, ¿resistirás la..., cómo era..., el descenso de la temperatura?

Miércoles

Semana 9

21

—Hostia, Dani... Doy dos vueltas más y si no lo dejo en el garaje que hemos visto antes. Mierda de ciudad. Podríamos haber ido perfectamente en metro y luego coger el bus.

—Ya te he dicho que fueras directamente al garaje y nos ahorrábamos un problema.

Se callan. Se esfuerzan por no caer en las típicas discusiones de pareja a las que se han asomado estos últimos días. No era lo que querían. Se gustaban más sin la responsabilidad de tener que abolir los tics pautados y repetitivos, cuando creían que quizá eran una rareza única sin ningún tipo de autocomplacencia.

Marta pone el intermitente para doblar a la derecha. El ruido es limpio, ordenado dentro del vacío del coche, que siempre huele a despacho impoluto con una nota del perfume que lleva su padre desde hace años. Antes de entrar en la clínica, ella se buscará el hombro izquierdo para encontrar el rastro de su padre por encima de la chaqueta, donde la ha sujetado el cinturón de seguridad. El jueves pasado eran dos indisciplinados que creían que el dolor no les afectaba, seis días después conocen el sufrimiento.

Dan una última vuelta por si acaso y al final se dirigen al garaje.

—¿Has cogido los papeles?

Dani cierra la puerta del acompañante, que resuena como un trueno en la oscuridad. A ella le parece que con el tono suave de la pregunta, con su delicadeza al pronunciar «papeles», quiere demostrarle que no le guarda rencor. Se respira una sensación de tolerancia entre los dos. Anoche discutieron muy intensamente. Será la discusión más fuerte que hayan tenido nunca. Preparaban la entrada de este miércoles decisivo. La logística. A menudo las grandes decisiones son menos calculadas que las pequeñas decisiones cotidianas. El choque de lo abstracto contra elementos tan terrenales como el transporte, las llamadas al trabajo, la documentación, las horas que llegarían después, si dejarían a Rufus con los italianos de enfrente, si anulaban la *calçotada* del domingo que viene con los compañeros de trabajo de Dani, la excusa que se inventarían en caso de no ir, teniendo en cuenta que la habían organizado ellos. Toda la atención puesta en las pequeñas decisiones, llenarlas de matices que las grandes decisiones no necesitan. Al fin y al cabo, las grandes decisiones pueden responderse con un sí o con un no. «¿Vienes a Berlín?» «¿Tenemos este hijo?»

Él sabía que el viernes por la tarde Marta había ido a su ginecóloga para informarse sobre qué hacer a partir de aquel momento, pero fue anoche cuando, muy de pasada, como si se le hubiera olvidado, cuando decidían cómo ir al día siguiente, ella comentó que el viernes, con su padre, después de la visita a la ginecóloga, habían pasado por delante de la clínica en la que le practicarían el aborto para calcular distancias, y que no parecía que tuviera que costar aparcar en la zona. A los dos les chocaba que en una misma frase aparecieran las palabras «aborto» y «aparcar», pero no comentaron nada de eso. Saben que las rarezas expresadas con palabras son simples anécdotas. A Dani le chocó algo más.

—¿Tu padre?

—Sí, es que me acompañó.

Él sentía la cabeza embotada, aún caliente y atrapada en una nebulosa de dudas. Después del hachís barato que se había fumado con Clara en el despacho, habían acabado bebiendo en el bar, él medio ausente y Clara majestuosa, intentando hacerle entender que, en lugar de intentar defender tanto su parcela de autoridad, quizá debería ver la maternidad como una compulsión alimentada por la cultura, los valores familiares heredados y la religión. A él le daba la impresión de que aquello se lo había aprendido de memoria; que además últimamente aquel discurso ya lo había oído, leído y visto por todas partes. No es que no quisiera entenderla o que no estuviera de acuerdo; seguramente sí que era una convención social que volvía a estar en boga, aquello que señalaba Clara, pero no entendía en qué sentido su deseo de paternidad difería de esas falsas construcciones. ¿Por qué no tenía él derecho a decidir su propia peregrinación hacia la paternidad? Desde la noticia todo era nuevo, incluso la ilusión, y quizá por lo que el sentimiento tenía de diferente creía que no era ningún disparate ofrecerle a Marta la posibilidad de una familia; le apetecía convertirse en refugio, en un lugar desde donde podían construir juntos vínculos sólidos. ¿No era eso lo que también ella iba a buscar a Berlín? ¿Que alguien esperara algo de ella, enraizarse? ¿El reconocimiento? ¿Encontrar una identidad? ¿No era eso ser padre? A él le parecía que se lo podía dar, que lo más importante era la expectativa de felicidad.

Clara hizo sonar el hielo moviendo la copa ante sus ojos adormecidos a modo de aviso.

—Marta es joven. Si tiene la suerte de estar demasiado ocupada viviendo la vida y ser madre no entra en sus planes a corto plazo, ni se te ocurra insistir, Dani. Tampoco lo hagas si simplemente no entra en sus planes. No lo hagas, y punto, ¿me oyes? Muérdete la lengua tantas veces como haga falta antes de decirle nada de lo que tú deseas si eso choca con lo que ella quiere. Ni te imaginas lo aterrador que todo esto puede ser para ella.

«Aterrador.» Se le revolvió el estómago. Se sintió un monstruo. La vida a menudo exigía vanidad, pero no en esta ocasión. ¿Qué estaba haciendo? ¿Qué había hecho? ¿Qué mutación psicológica lo había impelido al extremo de llevar la contraria a Marta en las últimas horas? Miró a Clara e hizo el gesto de iniciar alguna respuesta digna, una disculpa, un intento de entenderse, pero sabía que nunca sería capaz de poner en palabras el deseo inalcanzable de reencontrar a su padre por medio de un hijo. Cubrir un vacío con un hijo, un objeto fantaseado. Él no lo entendía y, por lo tanto, no podía hacérselo entender a nadie. Además, pensó, ¿por qué tenía que confiar en alguien que, como él, trabajaba con algo tan frágil como la ficción? ¿Y si Clara se equivocaba? ¿Y si más adelante Marta quería intentarlo y ya era demasiado tarde? ¿Cuántas veces había oído de gente cercana que pensaba que la ciencia solucionaría sus problemas de fertilidad, y cuando decidían tener un hijo, mientras soplaban las velas de los cuarenta, se veían obligados a ponerse unas cantidades impensables de inyecciones? ¿Y si un día Marta lo deseaba y ya eran demasiado mayores para ser padres? Con unos padres de casi cincuenta años, ¿cómo se aguantan las noches en blanco y los horarios esclavos de una criatura llena de cólicos? ¿Cómo resiste una espalda de casi sesenta años encorvada por la serie de intentos de que un niño pedalee en una bicicleta? ¿Cómo se soporta a un adolescente irreverente a los setenta años? ¿Con qué pensión se pagan las tasas universitarias a los ochenta? ¿Existiría aún la universidad cuando él tuviera ochenta? Después sale de la profundidad en la que se hunde, aturdido por su propio comportamiento, e, impulsado por los efectos del alcohol, piensa en Anthony Quinn, en todas las esposas y aventuras diferentes que le proporcionaron la mítica camada, una colección de hijos hasta bien entrada la tercera edad. Una sandez. Es lo único con lo que es capaz de salir del paso.

—¿Anthony Quinn? Eres un viejo, Dani.

Clara se reía.

—Si te ríes, sobrevives, Clara.

—El rey de la comedia abrazado a un gin-tonic a las siete de la tarde de un martes. Los fans de *Lara* ni se lo imaginan.

—¿Y su jefa qué, eh? Toda ella es un chiste. Enamorada como una adolescente de una mujer que no le contesta un mensaje y a la que solo ha visto desnuda en las duchas de un gimnasio.

—Déjame en paz, guapo. Se vive mejor en los follones de los demás.

Hablaban atropelladamente, arrastrando las palabras; él tenía un ligero dolor de cabeza y ardor de estómago, pero se reían con el deje de los miserables que se sienten agradecidos por haberse encontrado. Dani aún no quería salir de aquel paréntesis, necesitaba el margen de tiempo suficiente para construir una disculpa, para colocar dentro de sí un adjetivo: «aterrador». Cuánta maldad contenía aquel nuevo Dani incapaz de ponerse en el lugar del otro. Imaginó a Marta con un hijo en brazos, un hijo al que obviamente habría aprendido a querer, pero un hijo que de entrada no había deseado. Marta desposeída de sus creencias, una Marta madre, no por voluntad, sino porque él la había convencido de que iría bien, de que su necesidad de ser padre pasaba por encima de si ella deseaba o no ser madre. De que con el vínculo sagrado entre madre e hijo, patente en su memoria representativa, bastaría para que Marta vistiera de amor otra vida hasta creer que toda aquella artificialidad era auténtica. Miró a Clara abochornado, pero ella estaba de cara al televisor sin volumen del bar. Las noticias proyectaban aglomeraciones en las calles de la ciudad, caos y confusión. Como la historia, la memoria esculpe copias inesperadas, plagios inconscientes, y Dani recordó una tarde de invierno, sentado en el sofá con Anna. Su madre aún no había vuelto del trabajo. Él, aunque no terminaba de entender las horas, sabía que cuando empezaba el telediario ya era tarde para estar despierto. Unos estudiantes se habían movilizado y habían tomado las calles. En las imágenes salían barricadas, se veía la violencia policial y podían oírse muchas sirenas. Anna le tapó los ojos con su mano de hermana mayor, que no dejaba de ser la mano de una niña, y le dijo que no podía verlo. Él se resistía, y al final ella abrió un resquicio entre dos dedos. «Pero no se lo digas a mamá.» El entendimiento calmado entre los dos que ha durado toda la vida y que ahora recupera a través de un filtro *vintage* imaginario. Echa de menos a Anna. La echó de menos ayer en aquel bar y pensó en ella detenidamente mientras oía de lejos a Clara. A veces cree que arrincona a las personas importantes, Anna, su tío Agustín, personas que sabrían recoger su dolor, a las que hace demasiadas semanas que no llama, pero le supone un esfuerzo grandioso ocultar el ánimo sombrío, disimularlo. Imagina la voz antigua de su tío o la voz serena de Anna alterándose cuando les diga que siente dolor, dolor por la pérdida, la del posible hijo y la de la paternidad, dolor por la falta de confianza de Marta. Imagina incluso cómo convertirían las palabras en consuelo, pero algo le dice que no se trata de hacer declaraciones grandilocuentes, sino de asumir todo aquello y disimularlo. Tragarse el dolor de golpe, junto con el orgullo, y limitarse a acariciar lo que habrá sido una idea breve que lo habría cambiado todo, aquella pequeña iluminación tan fugaz y devastadora. Siente que durante unos días, unas horas, ha sido el padre de alguien.

—Tienes que relativizar, Dani.

Clara hizo el gesto de ponerse el abrigo. Anna no estaba, y se le hacía una montaña contárselo a su tío, que seguro que acabaría contándoselo a su madre, pero estaba esta mujer, dispuesta a anular una reunión importante por él. Clara, un hallazgo inusual, directa y sincera, una persona capaz de hacerle creer que había hecho bien contándoselo, que mantenerlo en secreto lo empeoraría, que sería una especie de vergüenza con la que debería vivir el resto de su vida. A él enseguida le incomodó el riesgo de despertar compasión y la cortó de raíz haciendo gala de sus recursos con todo tipo de bromas desenvueltas. Clara, que lo sabía, le siguió la corriente una vez más, pero en la calle, cuando se despidieron, se pasó un buen rato, con una actitud casi maternal, colocándole bien la bufanda y diciéndole que hasta que se marchara a Berlín lo quería al doscientos por cien y que la perdonara si le había soltado un montón de mierda moralista, que la culpa era suya por haberle provocado ganas de fumar hierba. Luego le acarició el pelo, se dio media vuelta y se marchó entre el frío y el aire embravecido. Él también se dirigió a su casa, y mientras se dejaba engullir por las luces del atardecer y las prisas del tráfico, marcó el número de su hermana.

22

Cuando llegó a casa encontró a Marta comiéndose un yogur en un rincón de la cocina. Le pareció más joven que nunca. Llevaba el pijama con un estampado de cerezas diminutas que le daba un aspecto de niña, una Lolita a la que le hubieran sorbido el aire seductor. Encima del pijama llevaba un jersey de él, que siempre le coge y que le queda muy holgado. La ropa no era lo único que le iba grande. Le preguntó cómo se encontraba; tenía ojeras y parecía vulnerable. Marta hizo un gesto de indiferencia con los hombros que él conocía muy bien. Es una herramienta que suele emplear para huir del protagonismo de las conversaciones que la incomodan. No quiso decirle que estaba muerta de hambre ni que estaba asustada. Tenía música puesta, una voz masculina que sonaba rústica y leñosa.

—¿Has estado revelando fotos?

Todo el piso olía a los concentrados de revelador y abrillantador de película en blanco y negro. Marta se esforzó por mostrarse receptiva con lo de las fotos. Le pidió que la acompañara al lavabo, que utiliza como habitación oscura cuando se pasa a la analógica. Ha instalado una bombilla de luz roja y la cuerda en la que cuelga las fotografías con una pinza y una delicadeza extrema. La primera vez que Dani la vio llevando a cabo todo el proceso de revelado sintió una emoción especial por esta mujer. Su manera de mirar el mundo quedaba reflejada en las imágenes. Se pasaba allí mucho rato, en silencio, haciendo toda aquella brujería con aquellas manos poco femeninas, la piel un poco áspera. Aquella manera suya de abstraerse de todo y de todos a él le fascina. Había dos fotos colgadas. Hacía rato que las imágenes habían emergido. Eran dos primeros planos del abdomen liso de Marta con la pequeña depresión del ombligo en el centro, un remolino, una galaxia en espiral que atrapaba inevitablemente la mirada del espectador hacia el interior. Las imágenes con mucho grano, una más movida y borrosa, y la otra totalmente nítida. Dani tomó aire y lo soltó ruidosamente.

—El ombligo es una cicatriz —dijo Marta con la voz medio ronca—. He pensado que, no sé, que quizá con el tiempo me gustará tenerlas.

Tocó un poco el papel y de repente apagó la luz.

—¿Has cenado?

La oyó en el pasillo. Dani se había quedado plantado en el lavabo. Pensó en las fotos. En el hecho de que hubiera querido hacérselas. Imaginó a Marta delante del espejo con la Leica a la altura del vientre. Agradeció aquel gesto, que hubiera sido capaz de disparar y que hubiera querido dejar una huella.

La encontró sentada en el sofá con el perro estirado en el suelo, con la cabeza apoyada en las patas. Marta fingía mirar algo en el móvil, pero en realidad se preparaba para detenerlo. Para ella Dani es tan previsible… Él se tumbó y le apoyó la cabeza en los muslos punteados de cerecitas.

—No digas nada, Dani. Por favor, no convirtamos esto en un drama. No lo soportaría.

Pero a Marta la proximidad física de Dani por lo general también la calma. Le pasa algo parecido con su padre. Le tocó el pelo distraídamente y luego lo olió. Soltó una risa débil.

—¿Marihuana?

Dani miró hacia arriba y vio un plano contrapicado del rostro de Marta. Le contó la tarde, el encuentro con Clara y la propuesta de trabajo. Pero no le dijo nada de la conversación con su hermana. Para él había sido una llamada de emergencia, y Anna le había dejado claro que no le convenía perder a Marta. Él no quería perderla, pero ella le advirtió que no apoyar a Marta en una decisión como aquella ponía en peligro su relación, quizá no ahora, pero seguro que a la larga un tropezón así pasaría factura. «No seas burro, Dani. Tienes a una persona fantástica a tu lado, no te había visto nunca como estos dos últimos años; ¿lo tirarás todo por la borda? Y Berlín, ¿por qué no? Unos años fuera no te irían mal, precisamente porque siempre dices que estás como estancado.» Hablaba con una convicción que le hacía sentir que conversando con ella había ganado algo. La imaginaba de pie sujetando el teléfono entre la oreja y el hombro, haciendo otras cosas con las manos, manejando tubos de laboratorio o metiendo muestras químicas debajo de la lupa de un microscopio. Mientras oía su voz sabia procuraba dibujar mentalmente su figura mediterránea recortada contra una luz sueca e invernal. «¡Además —le dijo, contenta—, estaríamos más cerca, tonto!» Se imaginó en Berlín recibiendo a su hermana en casa con una Marta traviesa y contenta, como de costumbre. Escuchaba aquel entusiasmo que también él quería sentir. «¿Tú recuerdas bien a papá?», la interrumpió de golpe, incapaz de gestionar la visión de Berlín. Era su manera de pedir ayuda para el nudo de añoranza que había salido después de tantos años. Anna cogió aire en la distancia y cerró los ojos. «No mucho, Dani. Pero sí te recuerdo a ti, tan pequeño sin él... Tan perdido, y yo quería cuidarte... Diría que cuidarte me protegió un poco a mí. Del dolor, quiero decir, ¿me entiendes?» Claro que la entendía. Quizá acababa de poner en palabras lo que lo empujaba a pensar que ser padre era justo lo que necesitaba. Aquello volvió a infundirle dudas. «Pero ¿y si lo que yo necesito es ser padre?» Ella se dirigió un momento a otra persona, en sueco, tapando un poco el teléfono con la mano. «Perdona, Dani. Me hacían quitar el coche de donde estoy aparcada. ¿Qué dices?» Él no quiso repetir la frase; en el fondo ya sabía que tenía que echarse atrás y que nadie podría decirle las palabras que quería oír porque probablemente lo que necesitaba era solo un poco de atención, una compensación por una pérdida que ya daba por segura. «Dani, pero ni tú ni yo hemos sido nunca de niños. Quiero decir que ni te lo habías planteado, ¿no?» Él contestó que no encendiéndose un cigarrillo. «La vida da muchas vueltas. Vete a saber si algún día Marta cambiará de opinión.» Anna le dijo que procurara no darle tanta importancia, que no podía saber de manera racional si quería tener un hijo porque no sabía lo que era ser padre. Anna hace de madre una semana de cada dos, cuando su pareja, un guarda forestal separado, cumple con la custodia compartida. Tiene dos niños que siempre salen en las fotografías con unos ojos azules muy inquietantes, de husky, de hijos fríos que parecen distantes con Anna, aunque está seguro de que ella los cuida lo mejor que puede. «Mira, ahora tienes la misma edad que tenía papá cuando te tuvo a ti. Antes ya me habían tenido a mí. ¿Te imaginas con dos críos como nosotros?» Anna se rio de aquella manera tan suya, contenida, y él intentó devolverle la despreocupación, pero lo de la edad de su padre lo había dejado asombrado. ¿Cómo no se había dado cuenta antes? «Tengo que dejarte, estoy parada en la acera con los intermitentes puestos y básicamente estoy congelándome. Pero llámame luego, ¿me oyes?» Él ya no volvió a oírla. La misma edad que su padre. A veces le parecía que solo a él le pasaba que con aquellas coincidencias las cosas adquirían una gran importancia. Pensó que el tiempo es algo elástico y extraño donde los padres que mueren jóvenes y los hijos que se hacen mayores se cruzan como dos líneas en un punto que no existe en la teoría matemática, como una especie de negligencia geométrica. Se dirigió a casa con la sensación de estar llegando tarde a algo importante. Temía que ya hubiera explotado todo por culpa de la cantidad de presión que había ejercido, que todo fuera irreparable.

Ahora que reposaba la cabeza en el regazo de Marta, entendió que su dolor por la renuncia debería pasar inadvertido. Si lo desenmascaraba, también se convertiría en un arma afilada. Se dio cuenta de que allí tumbado con la cabeza en su regazo, con los dedos de ella enredándose en su pelo, era lo más cerca que estaría nunca del embrión que llevaba Marta en el vientre. Tenía que esforzarse mucho para no dejarse llevar por lo que le parecía que conformaban los tres, un entendimiento, una relación, una tribu, un mundo tan frágil como aquella pequeña familia efímera. Entonces intentó hacer una especie de despedida. Se lo imaginó rosa y alienígena, flotando dentro de la mujer que lo estaba gestando. No había tenido la oportunidad de ver una ecografía, así que quiso recordarlo en la ingravidez, flotando con la lentitud propia de un nanoastronauta. Le pareció que de esta manera podía honrar su breve existencia, y, sin que Marta pudiera captar el significado del gesto, él se movió un poco, como si volviera a acomodarse sobre ella. Se colocó de perfil con la entereza suficiente para disimular y seguir el hilo de la conversación de ella; se concentró, puso toda la atención en el tacto de la oreja sobre la tela de cerecitas, a la altura del vientre, y entonces cerró los ojos y dijo adiós a la pequeña vida germinal. Consciente de la irrealidad que lo invadía, necesitó creer que era aquel hijo evanescente quien le explicaba que el silencio sería el código entre ellos dos. Le pareció extrañamente luminoso, como un principio, una nueva forma de comunicarse con lo que no está presente. Su hijo. También su padre. Para él era importante poner nombre a los seres fugaces, acceder con aquel código para poder quererlos en silencio a partir de ahora.

—¿Qué te pasa? —le preguntó Marta cogiéndole una mano—. ¿Estás bien?

Él sonrió emocionado e incapaz de contestar. Inhaló aire y se repuso sin poder decirle que acababa de dar un paso muy importante.

Durante un rato hablaron como si no pasara nada, Berlín salía tímidamente en la conversación, pensaban en posibles fechas, hacían números a lo loco, pero poco después, cuando se dieron cuenta de que estaba haciéndose muy tarde y empezaron a preparar toda la logística antipática que requería el miércoles; salió a colación la visita ginecológica del viernes anterior acompañada por su padre, y fue como una chispa capaz de quemar un bosque entero. Marta no había dudado en buscar a alguien que no era él, no lo había necesitado para acompañarla al médico. Dani se rascó la oreja y cambió bruscamente de tema, pero ya no pudo quitárselo de la cabeza. A medida que pasaba el tiempo, la imagen del padre haciendo de ángel de la guarda en lugar de él lo corroía por dentro. Al principio no quería decirle nada a Marta porque creía que ya era suficiente lo que tendría que pasar al día siguiente, pero le hería no haber sido el elegido. Se sentía como un personaje secundario, sin el menor atractivo. La había imaginado sola, autónoma, como es ella, pero si había necesitado que alguien estuviera a su lado, lo cual era comprensible, no entendía por qué no se lo había pedido a él. ¿Y no podría haber sido una amiga, al menos? ¿Tenía que ser su padre?

Sentía que sobraba. Ofendido, al final no supo contenerse y se enfadó, quizá más de la cuenta, se dirá cuando recuerde los días pasados, probablemente para buscar a un culpable, alguien contra quien descargar la rabia, aunque sabía que no había ni buenos ni malos. Solo estaban ellos dos y una situación que había que resolver. Movediza, hecha de carne y tejidos. Una situación que les pertenecía a ambos y que esperaría en la bandeja de temas pendientes hasta el día siguiente.

—Es que me parece que no me necesitas para nada, Marta. Haces que me sienta como una mierda.

—¿Lo ves? ¡Solo piensas en ti! ¡Parece que el mundo está en tu contra! Soy yo la que tiene que pasar por todo esto, ¿te das cuenta? ¿Sabes lo que te pasa a ti? —discutían encendidos, acusadores, volvían a ser dos placas tectónicas que colisionan—, que no tienes ni idea de lo que quieres, Dani; no tienes ni idea de lo que hacer con tu vida, y todo esto te va de puta madre para no mover ficha y consolarte. ¡Te encanta hacerte la víctima!

Se hizo un silencio terrible, un silencio espejo que los obligaba a verse con todas las miserias, tal como eran. Dani sintió como si le apagaran un cigarrillo en mitad del pecho. Era aquella ferocidad de ella. Aquella clarividencia y su manera de acertar siempre. Tenía razón. Ser padre sería la manera de sentir que estaba en su propia vida, no fuera. Un hijo como un anclaje que utilizaría para tener algo de estabilidad y de responsabilidad más allá del trabajo. Un hijo para dar algo de sentido a eso de ir cumpliendo años en el planeta. ¿Era malo quererlo? Un deseo que le hacía sentirse vivo y que, al mismo tiempo, era por momentos una fuente de frustración.

—No cambies de tema. Solo digo que no entiendo por qué tu padre sí y yo no. Al fin y al cabo, este niño también es hijo mío.

—¡Oh! ¡Para! ¡Para ya de decir «niño», para de decir «hijo» de una vez, Dani!

Marta se movía, inquieta, y procuraba no ceder a sus inmensas ganas de gritar y de romper cristales. Le habría pegado con más fuerza para hacerle entender que estaba obligándola a asumir que era culpable de un crimen convirtiendo algo abstracto en un proyecto de niño, de hijo. Su padre simplemente estaba ahí. No opinaba, no era parte involucrada. Dani había demostrado ser una copia de la misma angustia que ella siente, y por eso no le salía acercarse a él. No creía poder soportar más peso extra hasta el miércoles. En cambio, su padre le había apretado la mano al entrar en la consulta y la había abrazado al salir. Nada más. No necesitaba nada más. Naturalmente, hay cosas que no ha querido contar ni a Dani ni a su padre. Le parece imposible que ninguno de los dos entienda qué se siente exactamente. Además, recibiría cualquier comentario como una extorsión. Está en alerta, midiendo cada frase y dándoles información con cuentagotas. No les comparte que cuando la doctora dijo «interrupción voluntaria del embarazo», el adjetivo le explotó en la cara. Se niega a aceptar que abortar sea voluntario. En todo caso, siente que no le queda otra alternativa, porque duda de su capacidad de ser madre, duda de que se pueda ser madre sin estar segura de querer serlo. Es un último recurso, un recurso que surge de dos opciones, en ningún caso de su voluntad. ¿Pueden ellos entenderlo? Está segura de que no, de que la experiencia directa solo está viviéndola ella, por eso no soporta el papel de víctima que interpreta Dani desde hace un par de días. Al verlo así pensó que no valía la pena contarle lo de las pastillas y cuánto la hizo enfadar. El ácido fólico que le recetó el primer doctor que la exploró el viernes por la mañana en urgencias. «Son muy importantes durante el primer trimestre tanto para ti como para el feto.» A pesar de las pruebas que se había hecho en casa el día anterior, ese día necesitó que alguien que no fuera un trozo de plástico le confirmara lo que no quería creerse. El médico que la atendió en urgencias le dio unos golpecitos en el hombro y le dijo que se cuidara. Durante la visita había empleado un tono paternalista que la había irritado mucho. Con mano temblorosa cogió la receta que le entregaba, y con el olor de hospital impregnándole las fosas nasales leyó la letra que dejaba entrever una toma al día; cuando levantó la cabeza solo vio el vuelo de la bata de aquel médico jovencísimo, que desaparecía en otro box, como un enemigo disfrazado de superhéroe con capa. ¿No había visto que ella no saltaba de alegría? ¿No se había fijado en que se quedaba pálida cuando le comunicó despreocupado: «Pues sí, tus pruebas eran correctas, ¡estás de ocho semanas!»? ¿Por qué le recetaba pastillas para el bienestar de lo que estaba formándose a toda prisa dentro de ella? ¿Por qué sonreía y ponía cara de buena noticia? ¿Por qué le había preguntado si había ido sola? ¿Por qué había apretado un poco los labios cuando ella le contestó que sí, que había ido sola? ¿Por qué daba por sentado que la confirmación del embarazo la hacía muy feliz? Rompió la receta nada más salir del Clínic y llamó a su ginecóloga para que le hiciese un hueco en la agenda. Fue entonces cuando le preguntó a su padre si por la tarde, al salir del despacho, podría acompañarla. Quizá por si volvían a preguntarle si había ido sola. Quizá porque, ahora que había confirmado el embarazo, necesitaría a alguien que le recordara que sí, que todo aquello estaba pasando de verdad. Se niega a dar tantas explicaciones a Dani; no es tozudez, sino su derecho a gestionarlo como buenamente puede. Además, le enfada esa distancia entre los dos, la diferencia de opinión, un criterio distintivo que casi celebraban en sus rutinas y que ahora acaba de emerger como rifirrafe absurdo.

Anoche, tarde, llegó un punto en que Dani temía el crescendo de la discusión, le parecía que se acercaban estrepitosamente a un apoteósico clímax más propio de una película de Tarantino que de la convivencia feliz —sí, feliz, ahora lo sabía— que habían tenido hasta hacía una semana. Quería detenerlo y no sabía cómo. Estaba tan furioso con ella que parecía fuera de sí. Le gritó con rabia, y cuando Marta se giró con los ojos inyectados en incomprensión y le preguntó qué quería, le dijo que era una niña malcriada y enamorada de su padre hasta extremos patológicos.

—Ah, ¿hablamos de padres? —le replicó ella, airada. Quería llevarle la contraria, pero era demasiado irreflexiva y no sabía cómo articular por qué lo que acababa de decirle era ofensivo—. Si hablamos de padres, no olvides mencionar lo tuyo, toda la mierda que le haces pagar a tu madre, como si ella tuviera la culpa de haberse quedado sola con vosotros dos.

Ella fumaba un cigarrillo tras otro, él se quejaba porque dejaba la puerta del balcón abierta y entraba mucho frío, pero en realidad la atmósfera de aquel piso minúsculo se había caldeado hasta tal punto que el resentimiento estallaba. La realidad siempre puede retorcerse un poco más, mucho más que en la ficción, y fuera, en la calle, la temperatura había descendido bajo cero.

Entonces se callaron para evaluar las consecuencias de los insultos que se habían lanzado. Se callaron también porque ya no tenían nada más que echarse en cara. Como pareja, acababan de estrenar un corte de bisturí preciso, decisivo, que partía en dos la relación. El asunto que tenían pendiente, el asunto hecho de genética compartida, estaba condenado a ser un mito de la crispación entre ellos dos. Entonces aún no podían saberlo, pero, con los años, el asunto surgirá en los momentos más inesperados: relajados en algún restaurante alabando el tartar de salmón, rehaciendo una línea de diálogo porque la actriz ya está embarazadísima y no rodará hasta al cabo de unas semanas, en alguna cama haciendo el amor e intentando encajar lo que antes se anhelaba, viendo nacer a los hijos de los demás, descubriendo un deseo diferente de aquel que empezará a estar domesticado y extraviado en la maraña de la existencia cotidiana, o en un atardecer de julio, solos en la cala l'Ascaret, cuando decidan si siguen o no siguen juntos.

Dani no había vuelto a insistir, sabía que no podía ir más allá. La decisión ya estaba más que tomada. Era una batalla inútil y tenía claro que su súplica era una agresión a Marta.

Se fue a la cocina. Contestó los mensajes pendientes de WhatsApp. Eran asuntos de otra vida, desprovistos del melodrama de la última semana. Estaba rendido, y viendo el mensaje colorido de Melca, que no sabía nada de todo aquello y que le hablaba de un fin de semana de marzo en Madrid para ponerse al día y presentarle a unos amigos que habían abierto una pequeña librería especializada en cine, deseó dejar atrás el miércoles, que llegara el día siguiente y que acabara todo. Marc le había escrito tres veces. En el último mensaje le decía que, aunque al día siguiente fuera miércoles, entendía que con todo el tinglado no quedaban, ¿no? Que le dijera algo para organizarse, y que fuerza y cojones. Había una serie de emoticonos que simbolizaban un brazo haciendo fuerza. Pensó que aquel era precisamente el código: fuerza y autodominio para canalizar con un silencio rudimentario lo que le gustaría gritar como un aullido. La imagen de su padre grabada en su memoria infantil, un dolor del pasado casi borrado que ahora compartía con el dolor presente. Había aflorado la cicatriz prácticamente invisible durante tantos años, un filamento, un cordón umbilical al que querría haber dado continuidad. Ahora ya daba igual. Quería desprenderse de todo. Le cayó encima esa sensación de deriva, de un mundo agotado que ya no era el de su padre. Tiró de uno de los únicos recuerdos que cree real: la figura delgada y esbelta, el bigote, el olor opulento de su piel, un poco más ácido a la altura de las axilas, debajo de la camisa de cuadros. El pequeño Dani sentado en el regazo de su padre, que le había dejado conducir unos metros la última Navidad, cuando fueron a Bellaterra en el coche que acababan de estrenar. Las manos protectoras, cálidas, que cogían las suyas y el volante con firmeza. Apoyaba la barbilla en su cabeza de niño. No podían saber que era la última Navidad, y precisamente en aquel misterio, en aquel rato de ignorancia feliz en el coche estaba la razón por la que la vida no tenía ningún sentido. Pero sabía que era una visión errónea e injusta en la que se mecía desde niño cuando las cosas no le salían bien. Había entendido que no sirve de nada volver al pasado para eludir los problemas del presente; para sobrevivir a aquel socavón con Marta tendría que convencerse de que había algo heroico en el hecho de amar y callar.

Seguía tecleando con el móvil en las manos y el cigarrillo que se acababa de encender en la boca, cerrando un poco los ojos por el humo. Desde allí veía a Marta fuera, en el balcón. Se confundía con la oscuridad de la noche; solo la distinguía por la línea grisácea de la silueta y por el puntito de luz incandescente del cigarrillo, que se consumía y se movía arriba y abajo. La observó con aquel deambular constante de un extremo al otro del pequeño balcón, como una leona encerrada en una jaula. Fue al comedor y la hizo entrar. «Te congelarás», le decía con gestos a través del cristal. Cómo entender que ella se sentía masacrada, moral y físicamente, que el frío no le importaba, que para él la opción de no tener aquel hijo era una prueba que le dejaría solo una marca, como una caída en moto de adolescente, un poco de piel dañada donde había habido una costra, un recuerdo de un momento y de un dolor concretos. Nada más. Tendría otras oportunidades para reconstruir una paternidad maltrecha, y su identidad masculina, que sentía en peligro, podría reconstruirse fácilmente, pero para ella la marca se extendería, se volvería moral, viva, la recordaría siempre e, hiciera lo que hiciese, siempre la juzgarían públicamente y se juzgaría ella misma por la decisión vital que se había visto obligada a tomar. Si hubiera decidido tener este hijo, ¿sería mejor persona o sería la misma persona con un hijo? Y si era la misma persona que era pero con un hijo, ¿qué pensaría ese hijo cuando fuera mayor, cuando fuera adulto, de una madre como ella, que de entrada no lo había deseado? El mundo debía de estar lleno de niños no deseados que ahora eran razonablemente felices, pensó, pero ¿había que traer más si ella estaba a tiempo de evitarlo? Lo peor de todo era tener que pensar y decidir desde una posición que la obligaba a estar a la defensiva, y se sentía agotada; era extenuante tener que convertir mentalmente su opción personal en un discurso que la convenciera primero a ella y después a todos los que se creerían con el derecho a opinar o, sencillamente, hablarle de sus opciones y decisiones como si se tratara de una discusión pública.

Cuando entró en el comedor, se abrazaron. Sabía que amar era un riesgo, y sintió que amaba a Dani; ahora lo sabía. El amor la hacía vulnerable, ponía en riesgo su determinación, pero, a fin de cuentas, ¿qué sentido tenía vivir sin riesgos? Un terremoto de esa intensidad puede ocasionar dos verdades: o los destruye, o los une para siempre. Pero de momento solo fueron conscientes de que aquella era la primera tristeza compartida.

23

—Marta, que digo si has cogido los papeles. La documentación.

Ella cierra la puerta del coche y mira en el bolso. Dice que sí con la cabeza.

—Después conducirás tú, ¿verdad? —le pregunta con ojos asustados. Él contesta con el mismo matiz en la mirada. Por más que lo vistan de cotidianidad, después será otra cosa. Ni lo que es ahora, ni lo que era antes—. Pues toma, guarda el tíquet.

Suben la rampa del garaje con algún chirrido de neumático de fondo y el eco de sus pasos. Les cuesta subir. Lo que les espera esta mañana es terriblemente incómodo.

Fuera, en la calle, Dani recibe un mensaje de Marc: «Ánimo, cabronazo. Mientras te queden los amigos, las birras y el Barça, todo seguirá valiendo la pena. Cuídala mucho y dale un beso de mi parte». Querría silencio, pero las voces del mundo se niegan a disiparse. Maldice el viaje fugaz a la imbecilidad que le suponen las palabras de su amigo. Ahora lo considera así. No puede ser de otra manera. Ya no tiene ningún interés en seguir saboreando una concepción absurda y pueril de la vida.

Son las nueve de la mañana. Las calles de La Bonanova son ordenadas. Las avenidas salpicadas de embajadas, escuelas y clínicas privadas hacen que se sientan unos extraños, en un barrio extraño, en una mañana extraña y con un objetivo extraño. En los barrios en los que han vivido últimamente han presenciado redadas antidroga, han visto reventar la puerta de la finca de enfrente al grito de «¡Policía!», han tenido el helicóptero sobrevolando las calles en las noches de verano, con el rumor de hélices convertido en hilo musical. Barrios como ecosistemas. El que pisan hoy tiene una apariencia tan mesurada que incluso adquiere consistencia la posibilidad de sustraerse al pesar del momento. Borrar un fragmento de su historia parece más sencillo aquí que en cualquier otro medio físico.

El fuerte viento de la noche se ha llevado todas las nubes, y a pesar del frío, la extrañeza tiene lugar bajo el telón de un cielo de nuevo azul e impecable, como si la puesta en escena quisiera recordarles que pronto será primavera o que para el mundo lo suyo solo es un episodio fugaz. Pero al espejismo le falla algo. Hay niños por todas partes. En cochecitos, tapados hasta arriba, mostrando solo dos ojos como dos huesos de níspero, en brazos de padres que corren para entregar el paquete en la guardería y llegar a tiempo para fichar en el trabajo, en manos de niñeras que les hablan un inglés casi orgánico de tantas influencias como reúne, esperando el autobús, dormidos y acicalados. Miren donde miren hay niños que se cruzan en su camino hacia la clínica como obstáculos que superar situados a diversas alturas. Toda una hazaña con múltiples jugadores y niveles. Están a punto de cruzar una plaza cuando se topan con uno de los objetos que tienen que esquivar. Oyen el llanto de una niña sentada en el suelo con un patinete caído a su lado. La madre se acerca a ella caminando muy deprisa. Es joven y lleva un abrigo de color caramelo atado a la cintura con un nudo. Se arrodilla al lado de su hija. Zapatos de tacón, el bolso y una funda de ordenador colgados del hombro, y pese al equipamiento aparatoso, mantiene las formas y la elegancia cuando se agacha para ponerse a la altura de la niña. Un grupo de palomas sobrevuelan las cabezas de las dos figuras. Marta transforma con avidez ese fragmento casual en una fotografía, que rápidamente pasa a formar parte de un sistema de información que hace que un recuerdo almacenado la asalte. Es ella con ocho o nueve años sentada en los escalones de la entrada de la casa de sus abuelos maternos en La Garriga. Tiene una rodilla pelada con piedrecitas de grava incrustadas. Llora como la niña de la plaza, pero no llora de dolor. Llora porque su padre está en un viaje de trabajo y quien le coge la pierna con cuidado es su madre.

—Ahora te escocerá un poco, pero si pica es que cura, bonita.

Le limpia la rodilla con un algodón impregnado en agua oxigenada, y cuando Marta protesta, su madre acerca la cara y sopla con delicadeza la rodilla pelada. Marta se fija en lo que su madre hace con los labios, el orificio minúsculo que crea para que pase un hilo de aire limpio que aligere el escozor, la delicadeza al ejecutar el gesto para sujetarle la pierna, y nota la delicadeza de las yemas de los dedos en la piel. Reconoce por primera vez que su madre es mejor enfermera que su padre, que es toda dulzura y ternura, pero es de este matiz del que ella siempre huye. La agobia, siempre lo carga todo demasiado: demasiada comida en el plato, demasiados adornos de color rosa en la habitación de las niñas, demasiado maquillaje en la cara, demasiados calendarios de gatitos, de pollitos, demasiadas postales de Anne Geddes, demasiado perfume, demasiados lazos en los vestidos que les compra, demasiadas palabras cursis para nombrarla a ella y a sus hermanas, «tesoros míos», «princesas», «reinas de la casa», «muñecas», «florecillas mías». Quisiera que no hubiera dejado su trabajo en la agencia de viajes para dedicarse a «mis angelitos». La mujer que tenía opiniones propias sobre los países a los que a veces viajaba, que había estado en Tromsø y que les había descrito las auroras boreales como poesía en movimiento, aquella mujer había desaparecido tiempo después de dejar el trabajo y había resurgido dentro de una aurora extremadamente maternal, con una entrega desmesurada, sin condiciones. «Un encanto de mujer», han dicho siempre de ella. Pero Marta la había espiado; sabía que delante del espejo, a solas, en el baño, su madre no era tan cándida, que miraba su propio cuerpo con desprecio, y desde el asiento trasero del coche estudiaba su rostro marchito en el espejo retrovisor mientras su padre conducía en silencio. A lo que Marta no había sabido poner un nombre, le puso aversión.

—Me ahogo.

Marta se detiene de golpe en medio de la plaza. Se lleva una mano al pecho y con la otra tira de la manga de la chaqueta de Dani para llamar su atención.

—¿Te encuentras mal?

—¿Por qué caminamos tan deprisa? Vamos bien de tiempo, ¿no?

—Sí. Pero ¿te encuentras mal?

—No. Es que, Dani…, yo a mi madre la quiero. Pero nunca ha podido darme lo que necesito.

—¿Qué dices, cariño?

—Que se ha limitado a darme lo que ella creía que era lo mejor para mí. ¿Cómo podría saber yo…?

No acaba la frase. Tiene la cara lívida y los ojos muy abiertos. Se posa la mano sobre el vientre.

—A mí los niños me asustan. Son demasiado frágiles. Y claro que crecen —mira fijamente a la niña del patinete, que ya circula sin problemas—, pero se me iría de las manos. ¿Cuántas veces has pensado que te gustaría poder cambiar alguna decisión tomada a lo largo de la vida y ya es demasiado tarde? Lo de hoy es como prevenirlo, ¿no te parece? Evitar arrepentirme cuando ya sea demasiado tarde, ¿verdad?

Lo pregunta con la mirada perdida. Dani no es capaz de articular una respuesta. Tampoco está muy seguro de que Marta se dirija a él. Más bien cree que se lo dice a sí misma, que indaga en la lógica secreta de la acción que está a punto de emprender. Él ya hace horas que ha entendido que es prescindible pese a estar vinculado biológicamente a toda esta historia. Así que espera a que acabe de hablar. La paternidad frustrada ha llegado a un punto culminante, ha empezado a urdir un silencio al que tendrá que acostumbrarse a partir de ahora. Hace un esfuerzo por escuchar y ver a Marta como se merece y no desde el prisma sesgado por su deseo a través del cual ha estado observando el juego de la vida en los últimos días. No puede saber que, sobrevolándola, Marta siente que hay una posibilidad: arisca, desigual, imperfecta, pero una posibilidad. Es tan difusa que no adquiere forma ni de ilusión ni de disgusto; es indescifrable, irracional, una serie de imágenes movidas, pero la siente. Tiene que ver con la relación con su padre. Con la protección que él le ha procurado desde siempre. Con la seguridad, con el timbre de voz que lo pone todo en su lugar, la comprensión, el buen humor, la visión que tiene de su hija, cómo la valora, cómo la ha animado siempre a seguir adelante sin tener que forcejear, la confianza entre ambos, el convencimiento desde muy pequeña de que él siempre creerá en ella. Cae en la cuenta de que es su padre quien le ha enseñado a amar la vida y, sobre todo, a quererse a sí misma. «Hagas lo que hagas, te apoyaré, Marta.» En la mirada transparente con que subrayó la frase unos días atrás podía palparse la fuerza y la ternura. Las palabras le habían dejado un sedimento de calma por donde era posible pasar un rastrillo como en un jardín zen japonés. Era aquella sencillez paterna lo que la seducía, la remota posibilidad de que un día ella pudiera reproducir como madre aquella manera de actuar, de querer a un hijo o a una hija. A Dani no quiere ni intentar explicárselo. Si lo hiciera, está segura de que se agarraría a ella como a un hierro candente. Está agotada de dar vueltas y vueltas al mismo pensamiento, estirarlo, separar los filamentos y sopesar. Es como observar un negativo para después hacer el positivado. Darse cuenta de que no siempre la imagen nítida sobre el papel es la válida. A veces encuentra la belleza de las imágenes en los negativos. Hay claroscuros invertidos en relación con la realidad que a ella la han conquistado. Al fin y al cabo, piensa, todos somos el reverso de una decisión. Pero entregarse a la abstracción es demoledor, agotador si hace semanas que vas por el mundo con un cuerpo extraño dentro de tu propio cuerpo. No puede más. Es más fácil agarrarse al primer impulso para acabar de una vez.

—Siento mucho todo esto, Dani.

Habla sin excesos emotivos, contenida. Se reserva todas las fuerzas para cuando esté dentro, tumbada y sola.

—No lo sientas, Marta.

—Creo que no soy lo bastante valiente.

La mano grande de él se desliza por el pelo rubio de Marta, que adquiere diversos matices y gradaciones según la estación del año, la luz del sol y el poder de seducción. La preferencia de él por las mujeres rubias antes de Marta, una manía que con ella se convierte en devoción. Ahora el pelo es un flash, un plano de muy breve duración que le recuerda la proximidad de Berlín, el cambio de vida y el empuje de ella. Cree que sí es valiente, y mucho. Valiente y entregada, independiente, libre, alegre, irónica y llena de sabiduría. Siente un repentino respeto y un profundísimo instinto de protección por la mujer que tiene delante.

—Todo irá bien, Marta.

La frase contiene cierta trascendencia más allá de sí mismos, pero las palabras suenan incisivas y condenatorias para los dos. No se miran a los ojos por miedo a encontrar vete a saber qué, hostilidad o tal vez cobardía.

Reemprenden la marcha y llegan a la clínica en silencio. Marta mira la fachada, que no parece mostrar ningún signo externo de todas las historias que empiezan y acaban allí dentro. «Es aquí», piensa. Nada. Un edificio horizontal con paneles de vidrio azulado y un logotipo impersonal dc un verde quirúrgico y rosa. A ella se le dispara la imaginación, y la cabeza le va a mil con el color rosa. La camiseta del líder del Giro de Italia es rosa. La maquinilla de afeitar rosa con la que de vez en cuando se repasa las axilas. La hilaridad de la Pantera Rosa. «Quand il me prend dans ses bras, il me parle tout bas, je vois la vie en rose.» Piensa en la tasa rosa, en su condición femenina, en su madre, en sus hermanas y en sus amigas. En todas las mujeres que encontrará dentro, en las que tenían cita y al final se han echado atrás, en las que nacerán y en las que no lo harán. En las que no tienen miedo y en las que tienen tanto. En su abuela Jutta.

Dani, biológicamente desvinculado de lo que suscita el pigmento, la devuelve a la frialdad de la fachada de la clínica.

—Creía que encontraríamos a un montón de gente de provida con pancartas.

No parece decirlo en broma, pero ella reacciona con un bufido. Querría ser una sonrisa, pero acaba rompiéndose, debilitada por la situación.

—Definitivamente, Dani, has visto demasiadas películas.

Consulta la hora continuamente. Aún faltan veinte minutos. No quiere esperar dentro. Resopla. Se dan rápidas instrucciones sobre dónde esperarse y de que lo avisará por móvil cuando todo haya acabado. Se dan un breve beso en los labios. Marta, finalmente, entra. Tras intercambiar un diálogo protocolario con la mujer que la atiende en la recepción, le entrega los papeles. También el dinero. Le da la sensación de ingresar en un lugar de donde no saldrá nunca más, al menos no entera. Allí dentro es imposible distinguir si las cosas empiezan de nuevo o acaban para siempre. Se esfuerza por ser amable, pese a que quien la atiende lo hace con expresión grave y evita el contacto visual.

En la sala de espera hay tres personas y un reloj de pared. Dos chicas y una mujer de mediana edad que hojea una revista, impasible. La tentación de mirarles el vientre es muy fuerte y ella no se resiste. No disimula. Todo parece en su sitio. Los cuerpos contenedores aún sin muestras de vida ajena. Ella se sienta lo más lejos posible de las otras tres. Piensa en la posibilidad de llamar a una amiga, pero lo deja correr. Se muerde las uñas. Cada vez que lo hace recuerda a su madre dándole un manotazo en los dedos. «Marta, que con estas manos no te casaremos.» Le compró un líquido amargo que le provocaba arcadas para que dejara de hacerlo, pero siguió mordiéndoselas. Lleva un libro de Flannery O'Connor en el bolso, pero ni siquiera hace el intento de sacarlo. El roce del papel de revista en el oído. La aguja del reloj segundo tras segundo. Cada vez que la mujer de la revista pasa una hoja se chupa la yema del dedo y se entretiene bastante antes de utilizarlo para pasar la siguiente. Con el objetivo de no pensar, Marta intenta quedarse pegada a este gesto, a la aparente neutralidad de esa mujer, a la coreografía de la espera. Chupa, unta el extremo de la revista, inclina la cabeza para leer los últimos párrafos y pasa la página. Chupa, unta, inclina y pasa. Chupa, unta, inclina y pasa. Lo hará dos veces más antes de que Marta se levante de un salto. La mujer enjuta de la recepción esta vez la mira y le dice que sí, que puede esperar fuera. Sale muy alterada. Ve a Dani en un rincón.

—¿No esperas en la cafetería?

—¿Qué haces aquí? ¿Hay algún problema con los papeles?

—No, no. Es el ambiente de la sala de espera. Que no se aguanta. Un silencio mortal, difícil de describir, créeme.

Le pide un cigarrillo. Él se saca el paquete del bolsillo trasero de los vaqueros. Marta coge un Marlboro arrugado y lo mira con asco.

—Tendríamos que dejar de fumar de una vez, Dani.

Fumar, no fumar, mudarse, vivir solo, tener hijos, no tenerlos, urbanizarse, vivir con otra persona, compartir un nosotros por defecto, aspirar a más bienes materiales, aventurarse a determinadas profesiones. Decidir. Decisiones embriagadas de todo lo nuevo, como una obligatoriedad vital de dar pasos adelante cada vez más grandes, más allá, que abarquen más responsabilidades e impliquen más pendientes supersónicas. Anhelos y resignaciones. Querer exprimirlo todo en un momento lleno de falsas consignas de coraje individualista, pero en realidad gobernado por la necesidad de pertenencia. Ceder o no ceder, esta es realmente la cuestión.

No organizaron ningún rito de paso después de aquella frágil coincidencia del azar. No engalanaron el nuevo inicio, no celebraron ninguna ceremonia que marcara la transición de un estado al otro; no escribieron propósitos renovadores ni hicieron juramentos, tampoco comidas especiales. No hubo signos externos que mostraran la alteración. La vida, imparable, volvería a brotar en otros cuerpos, con las mismas dudas o idénticas convicciones. En su memoria compartida quedaría la creencia profunda de haberse convertido en aquellos días en otra mujer, en otro hombre. En ellos siempre insistirá la verdad del recuerdo, reverberará un padre, una madre y un hijo. Como tales, siempre estarán. A veces, interiormente, les costará distinguir lo verdadero de lo falso, y en silencio construirán vínculos con la ausencia, con aquel temperamento que resigue el perímetro de todo lo que al final no cumplimos, una zona de penumbra donde reside todo aquello que pudimos ser.

Agradecimientos

Querría dar las gracias a todo el equipo de Lumen, especialmente a María Fasce, por seguir confiando en mí, y a Lola Martínez de Albornoz, por acompañar el libro en todo momento. A Anna Manso y a Enric Pardo, por los apuntes de realidad sobre la vida de un guionista. Al artista y pintor Oliver Roura, por servirme de conexión con Berlín. Al escritor Mikel Santiago, por hacer de Celestina y entregar una carta al autor de la canción que bautiza esta historia.

Gracias también a Bernat Fiol por atarlo todo, por el buen trabajo y por la amistad. A Silvia Querini, por su interés, su clarividencia y nuestros cafés.

A mis padres, y muy especialmente a mi madre, por velar por mis hijos cuando los libros me llevan lejos de casa, y también un gracias inmenso a mis hijos, por la paciencia y por estar siempre.

Esta historia no sería posible sin el apoyo, los vinos y la inmensa generosidad de la escritora Laura Ferrero.

Índice

Pares 13
Él 33
Viernes. Semana 8 41
Fin de semana. Semana 8 51
Madrugada del lunes. Semana 9 63
Lunes. Semana 9 75
Ella 145
Martes. Semana 9 185
Impares 199
Miércoles. Semana 9 215

Agradecimientos 249

Este libro
terminó de imprimirse
en Barcelona
en octubre de 2020

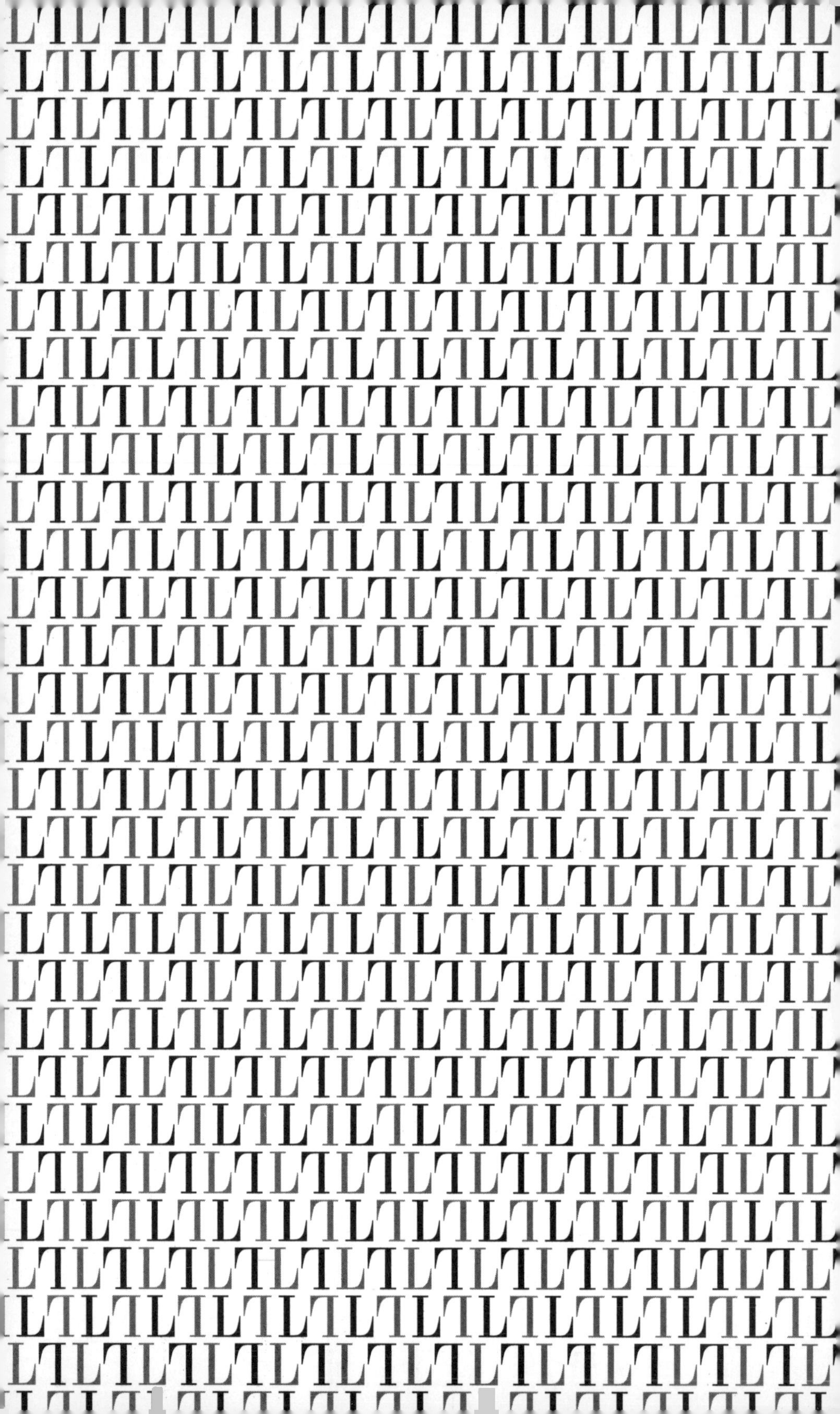